起初

绝地天通

·下

王朔 著

北京出版集团
北京十月文艺出版社

新经典文化股份有限公司
www.readinglife.com
出 品

22

在炎帝身边工作的日子，孟翼之算见着真神了。那时正是乱的时候，黄帝已带部队出走，蚩尤大军克日渡河风声日甚一日，涿鹿大营只有颛顼风后留守部和炎帝内摊两个机关尚在维持。留守部内边天天有人来闹事，工作人员做解释做到哭，一次风后被一群伤残老兵带走，领到灅水边，要把他沉河，颛顼亲找这伙人头头狗咂儿谈话，严令他放人，才把惊魂未定风后放回，留守部不敢呆，连夜转移到炎帝那里，安排在孟儿宿舍，内间发臭的、经常让人当茅房有一次女魃进来直接撩裙子就往地下蹲一脚踩到正睡大觉孟儿肚子上连声说对不起对不起——的地窖子，——暂避。

炎帝这边也不清静，总是有很多人来找他谈话，都是旧部，一些一直跟炎帝的老人儿，磨磨唧唧跟炎帝表忠心诉说苦衷。炎帝垮着脸说想走就走，不要跟我说这些大以巴狼的话，不想见你们。有将领哭着扒着门不肯离去，炎帝就命令小孟拿杆子打他们，撵他们出去。孟儿也不能真打，拿杆儿敲手，捅肚子，再三央个：您老给我个面儿，别叫我为难。

炎帝轰走人也难过，坐在铺上吧嗒吧嗒掉眼泪。孟儿说不来人吧，盼人，来了人又没好脸，做你朋友真心不容易。

炎帝说我不该这样是吧？孟儿说我们乡下有一种说法，世上人能跟你交，这都是几辈子建的梁子，分手不掰面儿，否则堵着一口浊气，下辈子这人换个模样还来找你，非把胸中这口气出了，内些你都不认识他，上来就没好脸儿，就对你下绊的，都是不知几辈子攒的浊气出不来，一见你就递葛。

炎帝说你们乡下环境到底有多恶劣，大家都这么小心做人。孟儿说乡下人么，一世不如意就盼下一世，世世不如意，就得从命上找原因了。帝说你们知道自己是世世不如意？

孟儿说您问着我了。帝说也许你们上世很折腾呢。孟儿说我，很折腾？没印象。帝说你好好想想。过了会儿又说，行，就按你说的，给下辈子留条路，还不定怎么倒霉呢。

明日，帝就装病，让小孟守着帐棚口，见来人就小咳嗽，他就赶紧躺下。帝说，孟儿阿，这辈子过得怎么样阿你脚着？

孟儿说不算忒好我脚着。帝说，按你们乡下本利和大生命观，下辈子你能大好，这辈子你就放弃吧，替我得罪点人。

孟儿说那咱俩下辈子怎么算阿？帝说算你的，下辈子你见了我就鼻子不是鼻子脸不是脸。孟儿说我还就不是那人。

再来人，孟儿就咳嗽，各种瞎话，说帝病了，招风了，偏头疼，睡了。来人说病了？我更得瞅瞅了。横着膀子愣往里闯，喊帝，帝，我来瞅你，哪儿不合适阿？孟儿一把没拦住，就扑进棚子，圪蹴在帝草铺旁，伸手摸帝脑门：不烧阿。帝只得睁开眼，枕上宛转，做痛不欲状，说头跟炸了似的。

帝说孟儿阿，不及格，把人放进来了，罚你少吃一顿饭。

下回，孟儿坐棚口，丧着脸说吐了，弄一身，正自个擦呢，不见人。还拦不住，有上赶的，说我给擦去。说又拉了，一直拉，拉一宿——正拉呢！都是脓，弄一身，要不你给他擦擦去。来人说要不我等等，不急。孟儿说我传染的。来人跑了，说下回，下回我再来看帝，给、我、带、好儿！

孟翼之名儿很快就在炎帝旧部这圈儿传开，很多老人儿恨得嘚儿疼，跟山戬说他是谁呀，弄丫的。山戬说弄谁呀，别别别，你们该干嘛干嘛去，这儿有我呢，孟儿不吃劲儿。

与之同时，机关夜夜开趴儿，昏天黑地。很多工作人员都是因病不能随队才留在留守处，身子骨就没全恢复，白天都是带病在岗，边喝药边坚持工作，来的也全是病人，聊得特别飞，领导亲自蹲墙角煎一个小锅子，要求健康人也必须服点，一是预防，不要互相传染，再就是怕不在一个地方，净剩互相岔了。这样一天下来,药底子蓄得巨厚——还是要保持醒,说人话,不允许上班时过分自我陶醉,到下班,自然,必须有个趴儿接着,班儿逼们讲话:抖落抖落药底子。

因为是内部趴儿,小局,全是熟人,大家都很撒吆,像天真嬉戏孩子,神也如遛弯大爷,不时溜进来,借着众人之口显现出来。《三坟》说:神爱孩子,总在小孩子们中间。

炎帝那时也像个孩子,蹦蹦跳跳,倏尔定在那里,呆若木狗。炎帝跟孟儿说洞中方一日世上已千年是立于本地说,实况是洞中几世都过去了,本地太阳还没落山呢。炎帝讲这个话时刚从听洞出来,孟儿正跪火塘前拿膝盖撅树杈添火,使石锅内羊骨小米粥保持咕嘟,火突然蹿起来,孟儿眼疾手快拣起盖扔一边,粥差点潽出来,摸着耳垂眨巴眼看炎帝。

帝吩咐过孟儿,谁都能玩,你不能玩,你看着点我,我说过什么,你都要记下来,回头我要问你,你不要像巫咸,听到什么都不告诉我,还拿他个人见解日哄我,是个沟就摆我往里带。孟儿说不会,我就没见解。帝说嗯,就看中你是碗白开水。帝说:总叫你们好也经过,惨也经过,才知道人间不值得。又说:我用严整的话说呢,你们当比喻听。我用比喻说,你们又当曾经发生的事儿听。又说住手吧!现象之间并不总存在因果。女媿坐到孟儿身边,说就爱听他说这些谁也不懂的话。孟儿说这是乃位天爷在说呢?媿说不知道。

孟儿望着帝被火点亮的眼说:太昊大人是您么?媿说叫

个啥名不重要。孟儿说我有一老娘,死好些年,你能帮我捎个话么,说我都挺好,明年能回家。帝脑袋耷拉下来。孟儿说没用,啥事不顶。帝忽然抬头说:谁让你提你们家事了?

孟翼之说其实他是太昊信仰创立者。如果你们不怕臊着我,可以叫我导师。孟儿的转世卫老说。我说导师,为什么不叫先知呢,你完全有权这么叫,如果你真是教派创始人。

卫老臊逊说那不能,因为我不在里边——当年,实际教派是我和炎帝俩人创立,之一,这么叫准确。神通过炎帝嘴说话,我做口传,炎帝并不知神说了什么,用我们教内话说"那时上帝的灵覆盖了他的灵"。要没我,上帝说的话就全掉地上了,今人——你们,也无从得窥我太昊派教义堂奥。说起来令人怀念,那些与上帝同在的夜晚。若不是我厚着脸皮不知轻重再三发问,祂老人家也不会把祂对人类真实看法表露出来,我承认,有时祂很生我的气,觉得我不可理喻。

我说从炎帝口,到你耳,还是你第一个听到的,从字面意义上说,叫你先知合适。卫老说不不,我坚决不能接受,我是——您讲话——先知了,但没有觉,也许我管自己叫导师都有点不要脸。我说导师可以,并不是什么高得叫人下不来的台阶,只要你教导了一个人,我就从你那里所获甚多,——就成立。卫老说虽然我知道您没有一点拿我打岔意思,我还是更愿意称自己为传声筒,实际上我可能连一个好的、忠实传声筒都没做到。神的话是烈酒,喝着上头,我的话是白开水，当年话儿还热乎着经我嘴流出已然中和为低度，今日更不能够，做不到原厂原装不跑味儿，因为转世有挥发。又比如，神的话是一席盛宴，经多次回锅端上端下再放桌上，往好说是盆失去色香杂合菜，往不堪说，可能是一桶泔水。

我说顾虑太多了。卫老说只希望凡听我言者万不可以为本人所言绝对正确，设若上帝所言令人不安或使你惊骇，请不要归怨上帝，大可能非上帝愤世嫉俗，乃是我无知曲解，无能颠倒，请谴责我，我愿承担一切因此造成误会后果。

卫老噗通跪在地上，左手扪左乳突，闭眼擦一圈脸，擦完睁眼说：这叫扪胸抚脸，是已失传之我太昊正教聆听上帝之言时必需进行的敬拜仪式。——现在，我又闻到了羊蝎子小米香气，看到塘中烂旗般火苗和爬满泥墙忽高忽低影子。唉——，卫老长叹一声，只是不见我敬爱的炎帝台上。

卫老说，回忆千年往事，总是叫我不胜惆怅悲欢系之。我们的上帝——请原谅我用这个粗暴的把您和其他很多人摘在外面的称呼。当年我们教内就是这样称呼上帝的，因为当年我们所处之世，上帝不止一位，对内些信奉别的上帝的好人来说，不加上"我们的"这一定语几乎就是对他们真挚信仰的冒犯，更别说会造成不知到底是指乃一位上帝的混乱。

我们的上帝，是个，怎么说呢？一股力量。当祂悄然降临时，总是先压黯火塘，边角却益加明亮，光着溜子能感到皮肤有压强，光影摇曳时间却像凝厚搅不动的羹，空间愈狭小，扩出愈显明，像陡然接通连窟洞厅，人瘫了一样连一只小指也无力翘动，意识却卜豁轻灵若一只嘤嘤待飞小鸟。不需要天兵天将，人类兵器在上帝面前没有一件能挥动起来，上帝攥着你的灵！把天上想成一座宫廷，神想成君王还自带军队馊畸形。我们的上帝永远是孤灵一粒，来如天崩，去若真空。袘是辞语，整批思想，像卸车，忽啦一下填满你。

我说你很大呀，完全不像醒着。卫老说是是，他们净把喝剩药渣儿泼火里，屋里烟跟晚霞似的，我可能有点二手。

卫老说，我们的上帝说：无论按天上的律法还是地上的律法，我都该灭了你们，以使你们不能继续为恶。我没有这样做，并不是你们中间有哪一个属义，值得我怜悯，难道我的义的标准是对我的礼拜和敬虔么？问问天上众神，谁曾因人得荣耀？净剩下丢人了！难道还有比用对神的敬服换取在人前为大，多多聚敛，多多生养，生生世世不遭报应——更低下的么？我没有这样做，乃是我也要遵从众神在这一切开端时立下的律法——你们叫规律的。——你们尽在规律里，大的终会变小，强的终会变弱，多的变少，热的变凉，在上的变成在下的，夸口的被打了脸，总叫你们最后上秤等于零。

卫老说我们的上帝说：你所见一切都不是为你们所造。那天上飞的，水里游的，地上长的，凡我照拂的，都是我喜爱的，在我看是美的。我照它们，也照你们。叫你们活，也叫它们活。搞搞清楚好不啦，这世上没有一样东西是特为你生，你得到的都是别人的厄运，你从哪里、凭什么得到平安？

我说暴脾气。卫老说神么，能力大脾气也大，也怪咱们搞得确实不好，招惹老人家生气。我说怎么肥四，听这意思，有人因为替咱们说话，遭到嫌弃了在众神之间。卫老说听说阿——纯粹是听说，被误解为是人制造的神。我说哦哟！这可不得了，事情倒过来了。卫老说可不么，对任何神来说，没比这更大羞辱了，就好比说你是你儿子生的。我说是哈，比操你妈还厉害，我们还是不要议论神了，头皮发麻了，除了乱发火，你们的上帝还说什么了。卫老说主要还是先撇清和咱们关系，叫咱们别多想，不是为你一族存在，而是为普天下欣欣向荣一切生命而存在，不要因为和你建立了一点点联系就自己把自己摆到前面去。我说公义就公义在这里，否则叫什么公义？内外有别，二五八等，是人受限于地表逼仄，因然而设先后，由近及远，就是有人够得着有人够着困难么。神在天上巡航，哪里有内外，惟有上下——你们都平等地在下。若动垂悯之意，特别恩典予以扶助也必是那娇小柔弱的。好比老虎狮子在跑，小猫小狗也在跑，你更心疼乃一个？

卫老说这是你的神指示你的，还是您自个想的？我说我自个想的，神是什么，难道不应是那最宽大最有爱让人想起来就感动，就愧疚难当，就心向往之至善之源么？跟我一样，比我还狠，净赞助老虎了，我就不知是什么来路了。我听说有小地方神，教杀人并且亲自下来动手杀人，简直了！至今我也不晓得确有其事还是这些人自个杀人移过于神。这是公义么？这叫是非好不啦！一个神怎能如此卷入人间是非？我都不这么处理问题，一个村和一个村为一条田埂发生械斗，你问我管么？管也不是这么个管法，拉架么，劝和么，岂有帮着扫平人家的？乃个村幸福能大于邻村？这么想就严重不公义。卫老说尊重您朴素的感情，也拥护您有限行政，只是我在这里不得不指出，还是犯了以人度神的——骄慢。我说好吧，凡是交代不过去的你们都叫神意难测吧。

卫老说，他的神独往独来，一日三易颜，初如蛋，复如炬，终如炭。他家壁中书藏有经李鼻老鉴定为李耳师亲笔书刻太昊派古圣歌：神阿！你是如此浩大，独立不改，周行不殆……忘词儿了，卫老潸然泪下，当年天天唱的。卫老红着眼惨然指出：这不改不殆是相对于同样周行独立却有盈亏的月而言。卫老二度泪下，说想炎帝了。

我说歌比人寿长。卫老摆手说不是这回事，大家都转世了唯独没见到他。我说怎么回事，难道还有当年诸君今日改头换角苟活在我们中间？你认出谁了，李鼻老？姆，要说他转成谁——谁转成他，比别人有条件。卫老说他不是，我测过他，毫无反应，应该是摊薄了。

我说也是，灵魂大概还没庸俗到像长相只在子弟儿孙中传递。我听说有的教门就认为灵魂是一种同位素，多生孩子就意味着轧平丰度。所以古往圣人支嗣也多，都很一般，迷信说法，祖坟上内几根蒿子都让他冒了烟了。卫老说您说的是补跌理论吧，先人玩得太大，都余贯满盈了，后人接盘就一路跌。我们家祖上也没出什么人，净出玩现的，才长出我这么根不长不短青蒿子，不像你们家，一直领涨到如今。

我说哎呀不要只看这几年，我们家还在建仓阶段，黄帝家怎么样，几只板块今天谁还在？你说的对，要给后市留量。

卫老说实际这个理论是我闯造的。我说你能告我乃个不是你闯造的吗？卫老说您要听着不舒服，叫抄袭行么？从你们家太一教义抄的，你们不是有内切糕理论么，灵像一块糕，生一个娃就切走一块，家族越大切得越碎，最后一堆人渣儿，灵也成了渣儿，黑化沉降为魂为精血，——您知道的比我多。

我说我什么也不知道，什么切糕？我今天只带耳朵来。

卫老说当时颛顼不也老跟我们一起玩么，他们留守部也有趴儿，每天下班，我们俩单位隔得也不远，一个巷子口一个巷子尾，起同时起，落各自找地儿落。下半宿就互相串，我们去他呢儿或者他们来我们这儿。他们呢儿宵夜羊肉氽浆特别好吃，颛顼做的你造么——颛顼特会做籴儿，每回简都给我们端一大碗。当时我跟炎帝正烦呢，我们内上帝老不跟我们好好说话，说就啵儿姆们。炎帝老跟我急每回汇报完。我说您想能是因为我么，我再不会聊天跟谁递葛也不能够跟上帝递葛，要不这么招，您口儿个话术提纲，我按您的说一句自己没有，您瞧上帝啥态度。炎帝说算了，谁也指不上，谁也指不上我还就跟你说！他不是不管咱们么，咱自个弄。

我说昂？你们自个弄，弄什么？卫老说教义阿，我们太昊派也不能老是一晕二傻，就知道求雨。要不说我是创始人呢，就我、炎帝，姆们俩人，弄！祂不是瞧不起咱人类把咱们当祸害么，非把祂拉下来，必须待见咱们！骂咱们，那叫恨土不成砖。我必须说有一句大俗话是我贡献的，我们当时不卡这儿了么，怎么能把这弯子转过来，臭骂变心疼，憋好几天，也是我心不在，往外走没瞧人跟简撞上了，一碗热籴浆都扣她腿上了，简说你瞎了！我抹回头跟炎帝说：骂是亲。

我说你喜欢简。卫老说让您说着了，就爱听她骂街，骂的越碜碜越美不滋儿，老跟她逗，让她发现了后来，说特么见过拣骂的。我说这是听着真不高兴了，你逯多不会聊天阿。

卫老说是哈，她们怎嫩么爱跟我翻脸阿？几千年下来，没一妞儿是聊顺的，回回见面挺好，一聊天，码了。所以我

255

和炎帝说第一不许淫乱。昂,我说,你们很淫乱是么?卫老说有点乱,刚从母系社会过来,好多女的身上还带着母系社会习气,见男的俊点,二话不说就摁呢儿给轮了。我说昂?

卫老说你今天无法想象,桑干来水之后,隔不差五就漂起精尽男尸,都是部队小战士,晚上出去遛弯,就失踪了,晚上河边劫道全女的,一伙伙的,轮完扔河里,自己也无力游上来,很恶劣!像我这种长得很一般的男生都不敢走夜道。

我说就没人管管么?卫老说怎么管呀,风气所至晓得伐?母系社会她们就这么硬来,炎帝怎么样?走夜道也被截了,高喊我是揄罔!还是被人掏了两把扔沟里跑了。我跟炎帝说不就内帮女的么,明儿让她们全集合,你去认,跑不了,查出来细细打一顿,杀杀这股歪风。炎帝说认什么呀我,脸上都抹着泥呢,算了。当然我们也不是非要怎样,是个社会问题,也不是靠几条鞭子能解决的,要管住自己,还得靠观念,多早晚有人把忠解成贞……节,灌女的心坎上,才一了百了。

我说你提呀,我给你传去。卫老说我不提,别挨骂了,我其实无所谓。

卫老说其实他和炎帝一开始也不是把淫放在不许之首,也考虑过不许杀人,想来想去做不到,这是部队,不杀人,等于不让狼吃肉。他还提过不偷东西。炎帝说抢行啊?不许说瞎话。礼貌推辞善意恭维哪能办？大家都直来直去，见着姑娘说赶明儿老了没法看，见着老人问您什么时候弯回去呀？这样一个社会也不能说很宜居。只许进一家不许串门子，也不合适，信仰么，发乎于内，首先是精神上感召，强派命令，心里倒轻看了你，再生出反叛。搞来搞去就剩不让乱搞了。

我说也是多管闲事。卫老说你跟颛顼说的一样，他坐我们俩旁边，听我们俩捏咕，就乐，说你们俩姿势不对。

我说怎不对了？颛顼说造神是吧，逮有顶层设计，好比摩崖造像，画一人，有从脚开始画的么？逮从眉毛开始。戒律，怎么管人，这都是脚。权柄——权柄懂伐？你这个神有多大权柄，自个创世自主管理还是受命游方，这才是眉毛。

我跟炎帝说碰见明白人了。我说我觉得咱们可以请颛顼老师当咱们咨议，他这一张嘴，我就知道咱们哪儿弱了——理论。我，您讲话，白开水。炎帝说我理论也不行，目前还尽在感性沉沦中，体会一大把，满脑子现象，把象抽出来，还能用人话念出来，就老太太下河，不抓鱼，净抓虾了。

颛顼说圣女娟说：一个人，要么别出生，只要长大，总要面对四件事，什么在上，什么在下，什么在前，什么在后。

我说这不一件事么？炎帝说假装会抓主要矛盾是么？人家跟你讲方法，你在那里下结论。我们很多问题谈不下去，就是上来就有结论,结论和结论在那里顶牛。笨一点好不好?无知一点好不好?把自己泼地上,什么都不是,一苍二白,从眉毛开始,一笔笔描,讲这么多,就两个字:同意。

炎帝拍着颛顼说老弟呀,你也不要假矜贵了,小孟给你这个咨议头衔敢不敢接呀?

颛顼说各么……炎帝打断他客气话就不要说了,咱们也不听,就赖上你了。小孟,叫老师,以后老师家尿盆全归你倒了。颛顼说没嫩么些烂漆扒糟的阿。炎帝说就说这意思。

23

内夜炎帝飞得也不是太高,也就接近月亮轨道,孟儿赌咒发誓说他看见一刹那月蚀了。炎帝下来哇哇大哭,说什么也看不见,什么看不见,咱们搭内些窝棚,生内些火堆。孟儿安慰他:白天,白天兴许能看见,咱搭内窝棚多高阿。

颛顼老师说别招他,让他静静,这是喜事,放下——超越人立场必经的崩溃,想来也不是第一次了,只是这次记住了,像我,也是多少次,在里面超越了,出来就忘了,又陷入人间营营役役。颛顼老师说,你认为太阳是造物主么?

孟儿说不像,祂这样每天报到,兜一圈,有上下班时间,像上班族。而且嫩么易怒,很多事情不像在自己控制之内。

颛顼老师说嗯,权柄有时效,下了班——晚上就不见踪影。怒,失控应激反应——怕出事还是出事了。你观察得很细，还有么？孟儿说看上去最大，其实可能是离咱们最近。

颛顼说有过飞升经验？孟儿说薄丘会战受棒击昏迷，飞过树梢，见过躺在泥里的自己。

颛顼说可以告诉你一条宇宙约那什：凡可见物皆非最大。因其具边廓，必有尽头。最大者无边无尽，故不可见，因万物尽在其中。孟儿说是是，我们乡下说，最大的是空气。（刘彻案：约那什，古夏语，又称约那是。有约定俗成、共识二义。汉称：约识。以下皆称约识。）

颛顼说太阳可见，故不可能最大，亦在最大中，嗖！祂不是造物主。依据宇宙第二约识：凡不能自我举证为造物主或举证不足采信者皆为受造物。嗖！太阳是受造物，同意么？

孟儿说同意，二级上帝呗，单管咱这一段。叫大拿也行。

颛顼说好啦，你们太昊派定位有了，级别低有级别低的好处，不能该祂管的甩手不管，说我还要抓大事，您没大事！

孟儿说懂，祂其实自己也说过"我也要遵从众神在这一切开端时立下的律法"，显见祂不是立法者，我把造物主等同立法者您没意见——吧？颛顼说没毛病，不能再同意了。

颛顼说下面谈谈太昊……我有个小建议，可不可以给太昊改个名，更切合祂本来地位？孟儿说您说。颛顼说二昊。

孟儿说过分了，您这么招，也别问我，先把太阳改个名,叫二阳,看能不能叫的开。颛顼说好吧,提议作废。你们的诉求是祂必须待见你们?孟儿说这个没商量。颛顼说能不能理解为你们将来所主张一切事由都要打着祂旗号?孟儿说可以这么理解,祂逮管姆们。颛顼说要不要格外高看你们?

孟儿说要。颛顼说那你看这样设计好不好,祂作父,你作子。炎帝在一旁忽然叫道:我就是这么觉得的!严父,祂像一个严父。说着又流下眼泪,我是内个不孝子。

颛顼转向炎帝,说,那就这么定了?炎帝说,我这么完美,你为什么反对我?孟儿说我?没有阿。颛顼拽孟儿:说话的不是他。炎帝怒视孟儿:我这么完美,为什么反对我?

颛顼跟孟儿说咱别在这儿说了再让祂听见。拉着孟儿往棚口转移。迎面撞见简端着碗籴浆,说要不要进点?孟儿低头绕行,简拿脚绊他:跟你说话呢!孟儿一个趔趄,说我跟你——没话!

炎帝喊:为什么反对我!简喂他喝籴:因为你吹牛掰!

孟儿说我倒没觉蜡么亲,怪吓人的,有点像不好处的师,特别腻学生内种,而且怎么还没怎么呢上来就管人叫爹,会不会涉嫌不拿自己当外人?颛顼说人和人不一样,既然是众人的上帝,谁也别拉下,那就叫,……师父?意思都在了。

孟儿说那我们叫什么,徒儿,怎哪有点不逮劲?颛顼说你们教派的事你们自己定，只要大家觉得舒贴，我只是提议。

孟儿说怎么还能再想个更可心的称呼，噢我知道祂为什么显得吓人了，老爷子内口气还不能叫师，一副主子腔，完全克住你的气概，祂叫主，我们叫奴，该死的奴，怎么样？

颛顼说从来不觉得谄媚是尊敬的一种。拿人际关系比喻神总犯一忌，好像我们和神同一界门只是科属不同。那么问题来了，我们有权定义神的性质么？设若神性即宇宙本质，我们能说人性也近于宇宙本质么？我们还是不要预设立场了吧，不见外不撒娇，我以为这是人论及神起码应有的庄敬。

孟儿说那还叫师父吧，我们都叫徒儿，师父在上，徒儿这厢有礼了，您听着如何？颛顼说我觉着好，不中亦不远。

我说合着是你和颛顼攒的事儿？卫老说得到了友教大力支持。还是我们仨，我和颛顼老师拿方案，最后决定还是炎帝，我算拼缝儿。我跟炎帝汇报太昊降级的事儿，炎帝态度很明朗：尊重事实。炎帝经常星际旅行，每常都在地球低轨，早就发现飞得越高太阳越小，跟杏儿似的，特别害羞，随升随降，追得越快闪得愈勤，跟在地表观察完全不一样。炎帝说：你知道么，黑暗才是宇宙本来状态，明亮是例外。

当然这将带来两个问题，卫老跟我说，都很要命。太昊一旦降级，本教也将随之降级，变成一种非宇宙、地区性，也即地表性信仰。当然这也不重要，主要是心态问题，其他大型宗教也未听说有出了地区，传遍宇宙的。再来是对本教教义的伤害，虽然本教目前尚无教义。但是一旦太昊失去造物主资质，也即不参加创世，本教教义则更不知从何说起了。一般正经宗教必须回答的三个问题，从哪儿来，到哪儿去，为什么在这儿这个揍性。——怎么搞？编都没法编。祂是祂，我是我，谁也不认识谁，半道碰上的，因恐吓、畏惧结成搭子，本教成什么了？我说问过本人么？卫老说谁？噢，没有，如果您不参加创世也是受造的，有什么好问的，答案也不在您那儿，白惹一肚子气。我说可能知道的还是比人多点，毕竟是神，一单位的。卫老说这个问题我们没想到，应该问问，错过了。我说还是轻看人家了。卫老说没想那么多。

卫老说他跟炎帝俩人嘬牙花子：怎么搞？要不要坚持降级，降，还有一系列问题，怎么向广众解释？我们的上帝低人一头，广众能不能接受。炎帝说解释不好做就不做了，还是要像对一级上帝那样敬重您，到日子该怎么祭祀怎么祭祀，待遇不变——您也瞒着！谁都不告诉。卫老说谁都不告诉，就我俩知道，然后我俩死了，大家还跟傻子一样，我俩扑腾啥呢？炎帝说我俩不一样了。卫老说是死得更明白了还是活得更明白了？炎帝半天没嗳声，说你是真没自信自己创世？

谁？我？卫老说这是有自信没自信的事儿么？炎帝说有这么难么？我们又不是胡来，是为本教谋出路，天下教门也多，家家一本故事，只可能一家是真的，也许全不是。他们可以，我们为什么不可以？卫老说您给我派个别的活儿，我愿今晚单人渡河横扫蚩尤全军。炎帝说就让你创世！明天拿方案，不能少于三个，内个鸡蛋的和捏泥人的不许充数阿。

当夜，卫老追着简、魄几个女的央个：姐，摇摇我，摇摇我。简说见过现粘鸟现熬胶的。一迈腿坐卫老身上，抓住他俩手，十指紧扣，怪叫一声：——走你！

第二天，卫老两眼如猫，拿来三个方案。一是上帝是个熊孩子，正在玩过家家，万物——我们是祂的玩具，然后祂突然发狂了，乱跳乱踩一顿，我们就成现在这个混乱的样子。

一是上帝是个新郎，正在布置祂的新房——太空，万物是祂打算送给新娘的礼物，新娘是谁没想好，也许是时间姑娘？也许——能配得上上帝的只有宇宙本人了。

一是上帝是个老人，正在云上做梦，人类是他奇怪梦境，到祂梦醒，人类也就结束了。这个方案还有个备选，上帝是个疯子，人类是祂疯狂幻想和执念。这个备选缺憾是，上帝真是疯子，人类就没随之尬舞、停下来内天了。

炎帝说喜欢第三个，实际回避了硬创世可能带来的一切硬伤。稍微有点高级，只怕很难为内些活得很具体、非要见个结果的人接受。卫老说可以负责任地讲，普及不在创世者考虑之列。炎帝说嗯，但是，你这几个方案犯了所有创世故事同一个毛病。卫老说这话怎讲？炎帝说只顾一头，交代了时间怎么开始，人是从哪儿来的，没交代神是打哪儿来的。

时隔三千年，卫老提起这事还结巴：这、这、这不是不讲理么？从理论上讲，刨除内些野路子、不正经的创世，所有严肃创世只能是神讲给我们听，您是源头，一切从您开启，现在你问我源头——开启从哪儿来，这、这太犯规了。

我说你不是野路子？卫老说我是野路子，也要服从宇宙第三约识：不要问神从哪里来，一切追问到神为止。在神之前——不！存！在！我说换言之，神也不存在。

卫老说上！不要逼我说渎神的话。

我说又或者说，只能是套娃理论，祂来自另一个神。

卫老说没有意义，如果只有一个神而没有宇宙，没有人，没有意义。

我说是对人没意义，还是没有人的神和宇宙都没意义？

卫老说我拒绝回答，我保持沉默。

我说您是永在的，没有时间负担的，只是因人，进入了时间，在人那里有了一个开端，亦将有终了。这开端，到终了，得而复失的心理过程，人称之为意义。所以，是人赋予了神意义。在这之后，人消失，神、宇宙又将陷入无意义。

卫老说神阿！保佑我们年轻的上，原谅他的无知，因为他不知自己在说什么。求你，让他免受慧智的诱惑，因为真理不在慧智中……卫老扪胸抚脸，沉浸在呢呢喃喃祷告中。

24

　　李鼻先生在《绝》文中，对更正派（鼻案：此为太昊派经孟翼之改教后区分新旧派专有学术名词。太昊中人并无这样的称呼，他们——无论新旧两派人士，均自称正教徒）的教义是这么描述的：……依旧尊奉太昊为惟一上帝。祂是那样一个神，生存状态不可描述，所有语言在祂面前失效，一想就是错的。目前已知祂正在做梦，梦到祂创造了一个宇宙，这宇宙群星灿烂，显得很真实。正如做梦者会潜入自己的梦，祂亦潜入宇宙，在其中一颗小星上扮演灯。因为太刻意，一会儿照照这面，一会儿烤烤内面，有时离得太近，还会烤糊星表面。这小星上有一种生物，渐渐察觉到祂的存在，开始向祂呼叫。这呼叫开始只是简单的感谢，感谢祂照亮了他们——和央歌（央个的复数），求祂别太近了，热得受不了。神沉默了亿万年，气得回应了——一帮人老喊你，也不是你的名，胡起一名，愣告你叫这个，昊哥什么的，见你晃过就乱喊，假装是你小弟，打着你名就在世间办事了，要求人这个，要求人那个，做不到就说你不答应，打群架也喊你，互相掐，选不出头儿也特么穷托付，还有比小人得志一通胖谢说全托您的福更可气的么？——这还不是最可气，最可气的是招来缺笔仰慕者，从东追到西，活活把自己渴死，也没追上，显得你倍儿刻毒。这，神都忍了。直到看到一更缺，假装有膂力，张一大弓，瞄着，嗖嗖放箭——不能忍！

于是神说：你够了。这不是一个友好的开端，依据教内传说，神痛骂人十亿年（鼻案：此为神话纪年，或可说灵界年，与人类年无可比性，大致纪年方法为：一念即一年），又臊着人十亿年——期间神在暗拧中。教内称这百年抑或千年——教内说辞也不统一，教内那时还在过旱雨季，并无年的概念——为"默示期"。默示不是默许哟，是沉默的示意，怎么领会全在领祷者，故巫觋作用在此期凸显，形成职业代言神这么个阶层。在此之前，神的灵没有拣选，突然覆盖到谁身上，这人就是代言人，教内叫"填陷"。（《骨辞正义》：填陷，又称填眩。原指路上发现一坑，随便找点浮土败草填进去找平，后转义为代人受过。）可能是正在玩泥的儿童，高烧不退的村姑，刚攮死人的强盗——也即对所有人讲。

有教内人称这一时期为"中保世代"，又称"别训世代"。言下不能将神直接说出的话和巫师默领所讲的话等视齐观。虽然多数巫觋所言并未偏离教义,而是深化或曰将深刻教义彰显出来。那也不能像神那样享有绝对正确不容置喙地位,应视为二等正确,也即相对正确。也即在大多数时候往往是有益的但不是每件事上。既然不是事事正确,应允许存疑。

神在第一个十亿年曾说:人啊!你们不是要说虚假的话,而是没有说实话的能力,因为你们禁忌也多。这不能不说是神对人的爱护和深刻同情。同时也在自己所言和中保阐释之间划下一条清晰的界沟。太昊史上重要兴教人、著名大巫师三世炎帝姜明亦有遗训:即使神的话有多重多种阐释,但任何一种阐释也无法取代其字面上的意思。——何况默示!

持这种观点的人学者称为"急要派",也是借用,以区别旧派——传统派中主流和非主流。这一派信众多为炎帝部中下层军士,人数最多,但是非主流。主流是炎帝本人及其上层巫觋、国主、将帅,人数不多但是主流。这一派,嗯,就叫传统主流。在炎帝改宗更正派后,主要领导人是山戳。

急要派目前已知、留名于史重要领导人有合同、共工干儿子术器、炎帝之子炎居干儿子节并。这一派主要人格特质是急,不相信未来,一切许愿都要当场兑现,慢一点就催着索取。实诚,说什么信什么,越怪诞反常愈深信不疑,想叫他问一个为什么难死他。全部是文化盲（鼻案：那时尚无成熟文字，故无文盲一辞，文化盲为其近义辞，指只具有遗传能力，对人类精神发育全无认识者），把本能当正直，勇敢也是基于本能——紧急避险，一下空白了，法律用语叫激情杀人。在部队是好兵，乐于服从强者，尤乐为作风凶悍长官驱使并好为其吹牛啵，因为这套身体语言他惯熟。这样一级级压下来，一方面绝对服从，一方面绝对凶悍，是好部队。

对神，一腔热情，家里都遭过灾，承认你是内个力量最大、最恐怖的长官——你强你就是真理！每次骂得怪舒服的，俺们可不就这么糊不上墙么。天不怕地不怕，就怕你万一是真的。像捍卫本部队尊严内样捍卫信仰。从心里不认识神，只是把祂当胳膊肘，交付的是身体而不是心灵，即便口称顺服，竟日礼拜，呼喊神名，也是无神论者（卫绾先生语）。

卫绾先生说我以我夫人性命发誓，没说过这话。我说可是你说的是对的。卫绾说好吧。

唉内喂，第三个十亿年，神再度开口，就到了孟翼之世代，教内称"绝罚期"，因为这一期发生了绝地天通大事件，太昊全派受到镇压，法嗣断灭，从此作为一个教门荡然于世。

起初，一切迹象使人鼓舞，一切似乎都在朝着入轨、靠谱发展。内个激动易怒的神此时变得温和坦率，愿意和人讲道理，通过祂忠实的仆人孟大师启示众人，给大家交底。

《那什么》收有一篇作者为上帝的布道文，经卫老本人确认，是上帝当年亲口口授，他的责编，行文有他组织调整过痕迹，也就是说意思是上帝的，语气是他的。现煌列如左：

大家好，我是上帝，近来——也不是近来啦，而是有史以来，只要碰到人，就会缠着我问一个问题，这世界为什么是这个样子，将来还会往什么方向发展？今天我就一总给各位一个回答：没错！你们当中可能有人猜到了，这世界是一个梦，我做的。也许你们乐意用另一个词：被造的。对我来说都一样，造就是做梦。无中生有，完全谈不上有什么目的，一定要追查动机，只能说就是想眯一会儿，一闪神，就来了。在这里我要向各位报告一下我的生存状态，各位知道我是在"无"里，什么都没有，没上没下，没前没后，没左没右，也就是说我只能呆在原地，或叫充满在那里。什么也看不到，什么也感受不到，因为什么也不存在。我大概最有资格称我的世界为空白，因为我的世界没光，故无色；无振动，故无声；无时空，亦无视界，你能想象一个处处充满自己——全是自己的地方么？我就呆在这么一个全是自己的地方，既无景观又满满登登，自有永有，无去无来。我全知，因为全是我。我全能，也是这原因。我都不能抱怨不逮劲，因为我的词典既没"抱怨"也没"逮劲"也没"不"这三个人的词。天知道我在这个地狱呆了多久。我意思是我也不知道，从我有，就这样——该死的自有！我倒希望被谁造出来，还能找您讨个说法。你们是不是有个词叫永恒？从前、此刻、未来，永远一个架势呆着。所以，你们能理解我为何做梦了吧？

各位！我们此刻就在梦里，我、你和你所看到的一切事物。尔等——人，山川万物都是我情感、心念投射的异象。不好意思我有情感，因为向无对象而格外深厚。包括我——你们看到的此刻的我，也不是我本来面目，而是我对万物万千想象中的一个。我试着至少在自己梦里表现出一点倾向性，而不是在全然虚无中无动于表。我承认，我有点喜欢、迷上了自己的梦。你们晓得做梦者有时会和梦中人建立异乎寻常的关系，好像那是一段真实的亲密关系。我也是这样，毕竟你们是无始以来和我惟一互动——嗯，我有点闲，你们是不是叫寂寞，是念而起——的对象。我本来寄希望于恐龙，可是它们只顾自己往高长。你们很好，我等了你们很久，你们终于回应了，差一点我就选鹦鹉了。和自己的梦互动，比仅是冷漠的独居有意思。维持对你们的关切，于我，只是为了更深入梦，你们呢，是不是也觉得有点意思哦——意义阿？

各位亲！你们不会还幼稚地相信眼见为实吧？你们看不见自己做的梦么？触感是实有么？春梦了解一下。因果律，我要说内是三维动物思维规则也即思维局限你们能理解么？而梦，是不受限于维，因果并进乃至错置的，故而显得凌乱——说"显得"是因为事件并不凌乱，只是你们的理解凌乱。以后你们会懂的，你们所谓的井井有条是表象，而真相——底子是反直觉的。各位亲！如果有一天你们中有人能抵达底子，就会发现真相——我的心念之海，也即意识之海，反映到你们感官上是一片嘈嘈切切的辞语，你们的世界全然建立在我的辞语之上。我说得够明白么？听不懂也没关系，各位亲，我还特别给你们中内些特别坚信自己活得扎实、活得接地气、活得有奔头的好人，准备了一条简便的惊醒之路，也即死亡。到时叫醒你，同时遗憾地通知你，给你的时间不多，只够你醒，不够您再多说一个字。——我公平么？

25

我说你就这么跟人说的？卫老说不是我说的，上！是神说的，怎么成我说的了。我说没人炸阿？卫老说炸了——后来。炎帝没炸，当时没事，只是说这个，呃，先不要外传。

我说炎帝比较成熟。卫老说后来也拧了。我说拧都不是当场拧，而是越想越拧。卫老说接着说，您还有话，别憋着。

我说你这都是什么神阿，管自己住的地方叫地狱，叫人简直不敢往下想了。卫老说转译问题转译问题，神的话原意是尽管这地方好得不能再好了，感觉还是很糟糕。咱们不是没有这种左右为难词汇么。我说吊诡。卫老说呃，当时哪里有现在这么进步，当时都很质朴，直肠子，要么全对，要么全错，没商量！当然你是对的，应该译成"吊诡的地方"。

李鼻先生在他的名著《绝》文中谨慎节选或称阉割了

（卫绾先生语）所谓上帝布道文中几句话：这世界是……被造的。真相是……一片嘈嘈切切的辞语，你们的世界全然建立我的辞语之上。并特别案于后：

作为人，我们应有严守之边界，即本分。有的事当知，有的事不当知。上帝的处境为何，活得好不好，属后者。当然我们也不能假定上帝是自满、无感的。也不能说祂的烦恼都是自找的。设若祂是自满的或者换个词儿自足的，就没必要创世。设若无感，则人亦不能感知到祂的存在。而我们恰恰是从祂的忿怒中了解了祂，晓得我们的神是一个感情丰富，易激动，急于寻求公义，不恰当比喻——性情中人。设若万物——含我们，尽属于祂归于祂，祂对我们的不满亦应视为对自己的不满。对我们的导正应视为对自己的导正。这样一个——不恰当比喻——有充分自省精神的神，对自己的境况有一些牢骚，有一些自嘲，难道不是祂老人家的权利或叫小爱好——么？在内些不做梦，嗯，永恒的岁月，除了自嘲还能做什么呢？神的主权决定了祂可以想说什么就说什么，即便祂老人家乱讲，只能说我们不配听，听了就构成论断。

卫老附案：严重同意！人既无权也不配议论神该说什么不说什么。宇宙第四约识：凡神说的都是对的，只有你理解和你不配理解之分。因祂即是宇宙。

当年不是这态度，当年年轻。卫老说。一面背诵布道文一面暗叫：太惨了！这样的日子我一天也过不了。跟炎帝聊：我原以为"无"是什么都没有，神挤在里面，还能叫"无"么？炎帝态度跟鼻老差不多，说你瞧，不叫你们论断神，怕的就是生出异端。卫老——孟儿说，我觉得吧，求知无禁区，人既是受造物，何其卑微，什么是人自有的呢，我们的灵、心识，难道不都是神赐予的么？神有隐私、有不可告人么？祂既降尊纡贵向人显示，赐予人惟一能与祂交通无比尊荣的地位，会怕我们瞎打听么？祂有内样的大能，什么样的发问不在祂计划之内呢？我理解的全知，即所有知识总和，知识最大的敌人是谁呢？一知半解。何谓好老师？善于引导学生发问者。不让问，不许问，不是敬虔而是小信，是人辜负神。

孟儿又说：守本分，有边界，是人辖制人，叫人放弃思索，人因思索得神，岂因得神后停止思索？

炎帝始终保持缄默。

这些言论散见于《那什么》卷十五所收当时各种骇言骇语，由卫老亲自勘鉴归于自己名下。

我说行阿卫老，够叛的，人因思索得神，你不是异端谁是异端？

卫老说年轻不知厉害，只知逞口舌之快，要不后来栽嫩么大跟头，断送了内样一个，嗯，蓬跃活泼的世代。

我说得出什么教训了么？

卫老说神这个事儿阿，归根到底还是人事。

鼻老写道，更正派分裂之初，也即只有炎帝和孟翼之俩人，就又分裂了。这里的分裂指的是以上帝布道文重新更正教义。因布道文未广而告之，传统主流派并不晓得自己被分裂了，但是事实上已经分裂。这里说的俩人亦不是字面上的两个人，还包括依附于他们的部属。上古人身依附关系包括精神服从，大抵头儿信什么属下就跟着信什么，这本是忠诚的一部分。不尽然，有例外，孟翼之自成一派就是个例子。

鼻老并未更多着笔新分两派之别，那不是他写这篇文章重点，只是简略提了一笔：两派之争在多大程度接受布道文。并称炎帝派为正统派，又称缄默派。孟翼之为喝问派。

鼻老写道，此两派及其同门急要派、传主派在上古众神嘈杂，教门丛立，大的信仰群划分上都属"有"派。神自有万有，有生有。与之相对另一大主流信仰为"无"派，即无生神，神生有。跳一步说，就是无生有。代表教门是太一教。

太一教认为，必须从字面上了解"无"这个字，否则就不要叫无了。自有，如果意思是自我育生，也要有过程，哪怕时间再短，一下子就有，也要有个开端。若是指自从前就有，从前到哪个从前？无远弗届，也要有个从前的之前，不好想象，可叫不可思议，不可言说，还是省不掉之前的之前。

无，字面意思就是什么都没有，干干净净，神也没有。没有火种可以生火么？温度升高即可。无自无始来，只要不那么平坦，终究会产生折返，也即走向自己的反面，产生有。

太一信仰与太昊信仰同样产生于古老年代如果不是更古老的话。其久远深邈考无可考非穷至人祖女妣时期不足以断其代。古太一教图腾为圆圈（见图一），女阴象形，符合女教特征。太昊图腾新石器时代始为十字和旋转万字，为男根不同状态象形（见图二）。泥河湾出土同一时期鸡骨白玉璧经鼻老伯益先生共同考证，断为蚩尤部南方古太昊派遗物。圆圈中心钻眼儿（见图三），同样带有女教烙记。目前所见女娲虫书、少昊氏鸾凤书、神农氏八穗书均可见此一图形（见图四），经李鼻老伯益先生共同勘定，判读为"日"，是拼音虫书少见的单音节词，读"阿"。当年侯岭今日伯益都是据此入手破译的虫书。据此可证二教同源，都是女的创的教。

教内传说太一当年向女妣显现也费了牛劲。因为祂来自无，显现出来也是一片无，妣以为自己瞎了，大哭喊叫：刚还好好的，咋一转眼啥也瞅不见了。太一无奈，只得给她思考能力，说你自己寻吧，世上最完美的形状就是我。神这样说的同时又赋予她观察万物的眼光，同时留下宇宙第五约识：不具备基本思考能力，神就是站在你面前，你也认不出来。

太一显现时为夜晚——当必如此。当祂隐去，一轮皓月出现在妣眼前，这是她恢复视力后看见的第一样东西，妣指月，大着舌头喊：盘的足的！盘的足的！（汉语：圆！圆！）

据李鼻先生考证，太一古称"太元"。改称太一则相当晚近，晚到什么时候捏，晚到上个月，太祝祠官谬忌上书于我请祭太一神。鼻老请托卫老，问我有没有这个事，我说有。

卫老说丫——凭什么给改了？我说嗐，我告诉他的，改是早改了，大整顿后就改了，颛顼改的，有些事不便跟你们多说，实际是我们教内的问题。卫老说出邪教了？我说什么也瞒不过你。卫老说我是知道过，但这么些年，又给忘了，你再告诉我一遍。我说忘了就不说了。卫老说我怕他们乱写。

我说乱写不怕，我们教就剩我一人了，也牵扯不到别人谁不高兴，我还就怕他们写对了。卫老说是……内帮女的？

我说性别复仇主义。卫老说我记得你们图腾改过一竖中间一点儿（见图五）。我说还改过一圆中间一竖。卫老说那跟中间一横有什么区别？我说没意思，给神搞一个性别，神要内个干什么？祂又不用这种方式繁殖，意念一起，就流溢了。卫老说你们到底是放弃言说创世了。我说你甭套我话。

李鼻先生写道，分裂，这大约是所有古老信仰共同困境或曰常情。任一教门创立之初便面临分裂，或说正是在这不断分裂、更正乃至互指异端激烈排异过程中，教义才逐渐变得整全周齐，至少自己可以自圆其说。看不到所谓共同信仰是一个历史进程，被一次次此昏彼明个人觉醒所连通，认为神的食粮落地就完好，就像熟的果子离枝掉到地上，拣起来就可吃，就甘甜，不存在一个淘洗、拣选过程，是天真，是对神和人都不了解。神说：谁说我给你们的是果实了？我给你们的是种子，还要你们培土、浇灌、剪枝、打虫、期盼，之后才有收获。我说这是乃个神说的？卫老说你们家神。

太元信仰是有言之教，是神给远古世界内些在黑暗中艰难求生既不会读也不会写，说话还不利落的女人特别的恩典。神从人刚会使用火就降临到她们中间，用通晓的语言教导她们，从做事到做人。可是有人就是重异象胜过语言教导。

起初，妣指月喊盘的足的，她妹嫫就错会意，以为月是神，于兹产生了以月神提亚命名的提亚派。这一派同时敬拜太元和提亚。在古褒世代，提亚既是主神太元的姊妹，又是女儿，又是妻子。太古人伦未分，这三种角色确也可以集于一身。到炎黄时代，太元几经改教，神媒——教内大巫也从全是女性转为男性主导（早年太元附体，多为老太太声儿，如今都是老头儿）。人们在世代迁徙中对神的信仰也进一步聚焦，如果你走到哪儿看到的一个点都在北，那么这个点就是你所在圆的圆心。教义亦不再承认多神，改为独尊太元。

这时的提亚派还被视为同门宗派，作为一种历史景观受到保护和包容。在一般男人眼里——也包括多数女的——是一种女人间姐妹般颇带互助色彩无害的性别特权。女生有的事不能跟老头儿（女的对太元私下腻称）说。但是受到越来越大的压力要她们归正。在北方，据传有过不止一次大规模归正运动。玄猿部与女累部合部时，嫘母便带领本部全体女生发誓弃绝提亚，独尊太元。后来早婚氏与黄帝部合部，婚夫人亦带领本部女生集体宣誓弃绝提亚，独尊太元。自此，北方女的都管太元信仰叫信老头儿。俗话说：叫女的信谁也容易，不理谁也容易。有多种风俗沿习显示女的确是信老头儿了，但是并没有弃绝提亚，只是把她从女神位置请下来，接家去，化她大能为一种秘术，求子阿，保胎阿，治痛经阿，下蛊阿，扎小人儿阿。因诸事多与女子经期有关，老头儿这边管不了也不爱管，也就听其胡闹，叫她们"月子教"。

颛顼客居大庭，岔口街心常见太阴庙，其中供奉提亚，竟不知提亚为何方神明。提亚在这里，不但保持女神地位，还有了自己一套创世造人神话。百泉合军，炎帝部随军家属多为提亚信徒，跟黄帝部家属月子教徒一过眼神就搭葛上了，两方迅速合流，集结成一个新的派别：重建派。有传言嫘母、婚夫人亦同时受信，嫘母为秘密教主，史称"月子教复兴"。

有另搞一套创生神话（详见《起初·鱼甜》中册第70节），教义中充满厌男内容，散布憎恨、歧视思想，且有黑秘术，这个性质就不一样了，大整顿中，颛顼将月子新教（官方用语）定为邪教。

"无"派也好，"有"派也好，诸教都还有一同源并立大教门：南宗。蚩尤部北上，带来百家百教。此百教多为地方信仰，崇拜对象多为本地名物，大榕树、虎猿狼鹰长虫什么的，教主自称某之子，多有弃儿经历，像野人那样在丛林中生活过，与兽为伴或为兽哺养，起的都不高，尽是经验产物，庶几可尽列为有派。太昊——南人叫"橘娃"（南音也纷繁，此读音为蚩尤本部正音）。该词为协和词，半表色半保留了日的原始音节。同为有派，地方信仰保留了更多原始面貌，即其所信各自然神，与人类起源没关系。用神学家话说：同为受造物。只是地位稍高于人，是人应当敬畏不能也无从归依的。后世智者所言"敬鬼神而远之"指的就是这一类，惹不起躲得起。反观地方信仰，直可见一模式，皆是坐地起，或叫地界创生。狭隘地域限制了她们洞见也未可知。在创生三重境：地表物、星宿、大象无形。——居其下。

南派百教惟一"无"派是莫加派。莫加，一的意思。蚩尤本部正音，没附加任何属文化东西，完整保留了古人类初试新啼动词代名词，动词名词化语言特点。莫加派亦称月亮为盘的足的缩写——盘足。白叫捏破。与月子教隐语类同。

这莫加派是太一或曰太元信仰古老一支，教内称南传太元。与食物在南方比北方烂得快相反，南传太元忠实持守古太元信仰二元神——也即太元和提亚二位一体教义。(鼻案：没有证据显示南人比北人更保守更泥常守则，其信仰更显原乡色彩只能从地域更接近发轫地理解。每世代有更多故地漂流迁徙来者。我们看到的保守更多可能是常履常新的插扦。)

这里要特别说明，莫加人没有零的概念，但有空、无的认识。空读突泼，无读拉，都是动词。空无本身不是静止态，死寂态，是有方向拉动的。元，没有这个词。有元始，读如"元 摸完走"。是组合词。元为华语音训同读。"摸完走"也并不是古人类语的"始"，古人类语"始"读"阿连砸"。"摸完走"是一个动作结束到下一个动作开始之前内个瞬间——内个态。靠！我也不知该叫什么，及物动词？爱谁谁吧。

嗖！对一般莫加人而言，元即是一，又是连词，连接空无和一内个——不能是真空态，要有矢量穿过——缝隙。

故而也是动词，有开启、开动的意思。我说清楚了么（李鼻先生自问），随便吧！言而总之一句话，古人类语是一种全由动词组成的语言。

乍看之下莫加人与一般南方原种人并无分别，都是黑黑的、煸实的、窄额仰鼻厚唇。处久便知莫加人有独特醒目信仰烙识：圆圈纹身。如同树年轮，以肚脐为圆心，每岁纹一圈，愈年长则越密集，跟螺丝转儿似的。每舞动肚皮，会形成急遽青色旋涡，似有无穷内吸力，久觑有晕动症表现。高级教士则穿耳环、鼻环、乳环——铜的。似乎部位愈敏感地位越高。据说——据说阿！还有在阴蒂穿环。是的，高级教士都是女生。莫加教义里有愈痛苦愈能见神、得神的说法。神是痛苦之光，是扶助者，而非贪欢者之福佑。所以她们的日常祝福语是一句警告：追求快乐的人有祸了！

伯益先生认为莫加派是提亚主义在南传太元中的坐大和僭越。李鼻先生同意他说法。二位一体是根与芽、瓤与皮、后脑勺与脸的关系。莫加派教士对外道普及她们教义时总爱这么类比。太元是那内在、灵性的一切。提亚是祂的器皿，面向世间内张脸。好比眼在看，眼珠后面内个意识在判断。所以提亚所说的一切，不能视为提亚单独意思的表达，应视为太元的主张。所以尊重提亚就是尊重太元，轻慢提亚就是轻慢太元。向太元献祭只能通过向提亚献祭实现，二者不可拆分。如果一个人宣称他只信仰太元而弃绝提亚，那就相当于一个男子对一个姑娘说我只爱你的气质而厌弃你的身体。那就意味着他什么也得不到，因为没有人能不拾柴点燃一堆火。呜呼！此论一出，世间只知有提亚而不知有太元。

太元无形，提亚有形。太元无性别，提亚是女生。莫加派降神都是踩脖子尖叫老太太声。教内规矩凡降老头儿者乱棍加身，必是天魔。女生造人，第一只人只能是女生，因为没有别只样本，而且根据最小作用量原理也即宇宙第六约识：简洁即完美。实际上提亚造其它动物也都叫它们从孤雌繁殖起步。男人为什么有乳头？因为他原本来自女人，至今亦然，胎儿头两月皆为女体，之后提亚从女体缝隙里拖出一估截儿和俩轱辘，创造了男性。女神在这儿留着后手呢，教内讲话"男生秘密藏在女生体内"。至于女神为什么要这么做，教内传说因为女性独行于世感到孤单，日夜向提亚哭求，提亚不胜其烦答应给找个伴儿，所以祂造出阴蒂就安歇了。

嗖！女生整全，男生变异在后。变种要服从整全者。这是莫加派最大戒律，到哪儿都要厉行的教规。用莫加男人牢骚话说：属猫的，不管你势力大势力小，她都瞧不起你。

从莫加教士所佩罕有天然铜饰可知这些女士来自上层。蚩尤老师嫩么显贵地位也只趁一铜帽圈，连半张脸都遮不住。

卫氏壁中书拣出一枚李耳师手迹残简，似是针对帽圈做注：此圈似非护额，或为异教王冠。余当年西行所见西膜诸王皆以圈为冠。非金不敷用，太元信仰旧物光化也未可知。

伯益先生依据这点认为蚩尤老师是莫加信徒。风后及众多南方女巫回忆，均指平夫人"铜鼻绣脐"，是莫加派高级教士无疑了。南军各将回忆也有大帝怕老婆说法。伯益先生斥此说法"恶俗鄙见"，蚩尤，旷世英雄，杀人如解手，谈笑天下摇撼，所畏不过天神，所谓惧内定是懒得跟她废话。

南武涝最新出土质疑了这一观点，内捆油腻黏手细嗅带醋味儿竹排记载了一次莫加派和北宗太元也即老头教正面冲突。具体时间地点不详，应是蚩尤渡河之后于某处，除蚩尤夫妇其他参与人物亦不详，全文只夫妇二人寥寥数语对话并无他人插话。大致过程是北宗骇出老头儿来了（亦是根据对话推断出前戏），平夫人高喊打打打老头！可能是真动手了，伤了北宗教士，蚩尤说搞么事吵？把人家总拐子剐的翘胯子。显见并不赞同夫人搞法，全无同门教友不问是非一致对外滥习。后面就都难以断句且字义不明，斑马日的那坛鬼腰子国掉得大风倒板什么的（原文见《那什么》卷廿七）。

伯益先生案：此当为莫加派咒语。后楚王刘道来长安述职，世子刘注随行，于客舍得此竹书，大约是作为文玩摆在案头做陈设。刘注走时把竹书交到前台，跟服务员说：你们怎么能把这种东西摆在客人房间，都是骂人话。服务员说不好意思我们以为是高仿做旧呢。遂交给大堂经理。大堂经理是王恢的人，王恢这时已以大行令领闽越征伐，人在建章前线主持军事。此书遂按组织层级上交，到了阿老手里。阿老跟我说伯益的话你也敢听？

我说依您老之见呢？阿老说蚩尤我也没见过，不知道。倒是见过苗人一些绣片，说是存在太一信仰也不错。只是他们那个信与不信也没什么区别，平常就像我们这里人一样过日子，该耙地耙地，该养猪养猪，也没什么特别的讲究，大约比我们这里人还散漫一些，只在过节、赶鬼时披上内些绣有太一图腾彩衣，跳一些较劲的罗圈舞，对山妖鬼魅起一些吓阻驱赶作用。人都很平和，我跟他们讲一些道德仁义，他们也都赞成，说讲得对，有道理，赶明儿你们都这么做了才好呢。你觉得他们是不是很宽容呢，对咱们这一套应该算异教的说辞？其实是无所谓。或者也许是蚩尤亡于北地，又经大整顿，说遏绝苗民于世是夸口了，你现在搞大屠杀一个跑不掉也很难做到，但是整个上层有修养内些巫都搞掉了是可能的，跑回来这些人就成了今天这个样子，知果然不知果因何然。本人更倾向另一种或也，无所谓是他们整个九鳌国从来对信仰的基本态度包括上层政治人物。搞不懂，瞎信。原始太一内条蛇拧成的圆（见图一），还有内跟桩子似的八角星（见图二），麻将似的四方五位、八方九宫图（见图三），一般人见了只怕只有眼晕的份儿，你行吗？你是太一内部人。

我说嗐，什么内部人外部人，不行，拿算数算宇宙常数。

阿老说那你要古人怎样，刚会数数儿，文字还没有，都说上古信仰粗陋，我看不是粗陋，是没办法，只能画个表，走数学的路，要不你替他们想个便宜法子？我说没办法。

阿老说蚩尤，武人，老粗，什么特点？尊重应用知识。平夫人，应用人才，我以为这是他和太太真实关系。

26

阿老的说法受到卫老支持。卫老说我和蚩尤先生结识也晚，一见面觉得这个人很暧昧，跟谁都很客气，哪个教派的聚会都去，到哪儿都玩得很开，不把自己当外人的样子。

我说那不叫随和么。卫老说是阿，做人这叫随和，做教主，我要是他们教门小弟我会觉得也忒随和了。我说他是教主么？卫老说至少名义上是南方各教门总教主，就像炎帝是东方总教主，黄帝是北地扛坝子。我们上古，每个部族都有自己敬拜偏好，合部首先是合教，合不了就容教，你不做总教主，也做不成帝呀。我说是哈，所以他逮随和呀，对你们谁我都没意见。卫老说是哈，要不说理解呢，可是像我这种虔信徒——当年阿，当年就觉得你咋啥都没态度呢？啥都没态度不就等于啥、怎么都行、啥都不当真么？可以宽容，无限宽容，可你自己总要有个偏好吧，——

我信这个！哼不能一个无神论爱谁谁者跑来当我们南北各大教门扛坝子吧？

《骨辞正义》：扛坝子，就字面内个意思。典出大禹之父鲧。当时天下洪水滔滔，无江湖河泽不决，也无雄厚人口可以动员筑坝，鲧就跳入各地决口以身作坝，效果可想而知。初为贬义词，喻自不量力，误己误事。后鲧法务死，百姓怜之，转义为褒，明知不可为而为，敢负责，渐为总负责代名词。原义自不量力为螳臂当车、蚍蜉撼树诸成辞所代。

我说他有么——偏好？卫老说我觉得他有，他喜欢老头儿，我们太昊派老头说讪他也坐呢儿听。我说他是玩呢。

卫老说他不是玩，他是真听进去了。自从姆哦给姆哦的上帝设计了内些套路，您猜怎么遮，发生了非常有趣变化，姆哦的上帝竟然越来越奔姆哦靠了，我意思是越来越实在，越像姆哦盼望祂成的内个样子，只关心姆哦，视姆哦为祂先得着的，处处向着姆哦。

我说你能别老姆哦姆哦的么，听着扎耳朵。卫老说我不是回到从前那恰儿了么。我说上帝也不是白给，也讲方式方法，喜欢吃糖给糖，把祂的苦药痕在里头，你们不是好咽么。

卫老说太不白给了，炎帝内时候不是老装病么，结果真病了，咳嗽。我说想什么来什么，上帝以为他打算病呢，千万别试探你的上帝。卫老说是是，当着上帝不能起脏心眼，谁知道愆应内项阿——结果上帝讲话也老咳嗽。我说你瞧。

卫老说蚩尤老师连这咳嗽也喜欢，说听老头卡痰胜过听老太唱歌。我说看来老太真烦着他了。卫老说我们的上帝说：

若有人因了凌虐而死，这时有人站出来，替那死的出头，虐死那施暴的，这人不可称义。因他和那施暴的同样属恶，只是一恶还一恶，至多算必要的恶。咳！若有人因凌虐而死，有人在一旁看到，没嗳声，这人不可称义。因不嗳声便是纵容那施暴的。咳！若有人因凌虐而死，他处有人不知道故没态度，这人不可称义。因这是你的世界，罪恶毕竟发生，不知道能免责但不能称义。咳！若有人受凌虐而死，这死人不可称义，因他生前一定也有罪恶发生而他不知道，只在这时显得无辜。嗖！这世上所有人，连死带活没一个义人咳咳。

我说你们上帝真行，蚩尤老师听进去了？卫老说听进去了，表现状态就是奔溃，拉着我手——我不填陷的么——哗哗流泪，说从小到大没听过这么深刻的道理。我说他为什么假装无辜？卫老说人家不是松了一口气嘛，人家是因全人类都扯上关系糟心，你没这样的感受么，尽管我们，嗯，很不完美，一想到这世上还有好人、清白的人存在就好受点？

我说有有，想把主持正义为万物做高竿的责任都推他们身上去。不瞒你说我现在听到一只小狗受到善待都会掉泪。

卫老说你们提的蚩尤老师和媳妇码了，影响特别不好内次我也在，好像是首届巫代会招待代表的趴儿，不明白他们为什么不采访我。当时挺乱的，各种上帝跟——你知以后会有一种叫伞兵的兵种么，就那样式纷纷降落。一会儿就一人强直了，一会儿就一人不说人话了。当时各教已分流，大归堆，不问教门，只分老头派和老太派，教内叫千岁派，取凡聚会，座中人岁数相加皆上千意。不光颛顼背上有一老头，我背上一个，炎帝背上一个，还好几个不认识外道、野村教主身上一堆老头儿。平师母冲的不是乃一个特别的老头，是冲所有老头儿，拿一棍，乱抡，是凡老头派都勺上一两下子。我还记得有一也不知哪儿来外地小青年当场就撅过去了。

我说你背上还一老头？卫老说嗐，别提了，我不是传话的么，本来不该上老头，内天也不知怎么了，聊着聊着就觉得腰上坐劲，后脖颈子发紧，我们上帝烟酒嗓，忽然改公鸭嗓了，说的也不知哪儿跟哪儿的话：任一生物做那么多亏心事不产生忏悔意识才怪！后来分析，可能是跟旁边别的老头串了，都挨得特近，肘子接肘子，肩膀撞肩膀，顺竿儿爬了。

卫老说事儿不大，蚩尤老师和平师母争执，很快就被人拉开了。内帮女的把平师母拉她们圈里说你理他们呢，咱们玩咱们的。没听见有人说烂漆疤糟话，请神局都很讲究，没人爆粗口，都在形而玄，真的假的这么多上帝在场，孰敢？

卫老说记得蚩尤老师不开心，拉住炎帝问：就没一个义人？炎帝说你等会儿。刚才他也帮着拉架来着，神还在他身上，驮着不上不下，自己想出来，正往下抖落，单手当啷在腕子上蛇一样来回拧，一会儿翻白眼，又见青眼，说好了。

蚩尤老师说若有人挺身抗暴，死于暴虐，还不叫义么？

炎帝说：若有人抗暴，不动刀兵，用那胜于武力的言说，乃至替那将死的死了，又或者至死不出恶言，从心里放弃报复，宽饶那作恶的，是大爱，大于不等于义，义不可称他。

我说不是好了么？

蚩尤老师抱着我哭，说孟老师，没有这样的人，没这样的人哇！

我那时受上帝提点也久，对祂老行事也有了点了解，说会有的，现在没有，将来会有。上帝做事一竿子插到底，总是成全人，所有选择给你，最好的最坏的，你自己选要当什么人，尤其内些决心从善的，断不叫指望落空，反要大大超出尔等自许，从立锥地拽你再跨出一步，祂说过的都要实现。

我说感动，害怕。卫老说蚩尤老师和你的反应一样，害怕，说还要怎么善阿？别人要杀我，已经杀了我，我不报复，不怨他，还不够，还要再跨一步，这一步是哪儿啊？卫老说我是觉得够了，过了，上帝一定还有进一步要求，祂太深了，无论从乃个向度仰望，总在你不能、做不到的地方等你。

那时我们的上帝是比较火的一个上帝。卫老说。在我们整个老头派里属于比较爱聊的。传主派山戬，急要派几个头头合同、术器、节并，都来我们这儿听。他们比较可怜，跟上帝不熟，巩固信仰全靠从我们这儿听一勺半口，回去互相传谣。颛顼本来就是我们咨议么，我们老头派有号召力核心成员组就是我的喝问派、炎帝的缄默派和颛顼代表的北太元主流。他们北宗太元自月子教复兴就——也不能叫衰落，冷清了。最能降神几个女的简什么的都跑千岁内边去了。他的几个肢体季禺——过去我们营长，营没了，也调我们特勤组来了。还老童淑士什么的，没事也跟颛顼来我们这儿蹭听。还内几个野村教自封教主禺强句芒什么的蹲这儿憨着嚗货。我没说过我、蚩尤老师、揄罔老师、颛顼老师我们四个是一学习小组的吧？我说没，但是听出你们庸俗地互称老师了。

卫老说喊，那叫职务阿，还有比职务更俗的么。我们在上帝面前都是小学生，都抱着学习态度来的，本来要互称同学，后来禺强术器他们提意见，说你们叫同学，我们叫什么阿，虽说不讲内个，别！别！咱们还是分开，否则张不开口。老师其实是他们叫起来的，急多少回都没用跟他们，见就喊。

我们的上帝说：讲卫生以不得病、身上没味儿为宜。过分洗洗涮涮、扫地擦灰是以邻为脏沟，灰尘能去哪里，还不是攘到别人家？过了发育期，就不要吃太多东西，好比小苗成树，还用天天浇水么？尤其是上了年纪的人，不建议天天吃肉，放屁臭，也消化不了，好比一棵烂了根的树，早晚躲不过枯朽，补也无益。调控食欲的方法之一可以把吃饭污名化，叫追肥。观念上厌恶了它，也就较易摆脱年轻时养成的没吃过的都想尝尝，少吃一口都亏的贪婪。人老了，少吃一口都叫积德。每天洗脚，吃饭洗手，吃鸡拔毛，喝奶拿碗……

我说这怎么天上一脚地上一脚，管到人家碗里来了？

卫老说这个情况我们也发现了，听众有很多议论，说揄罔老师身上有两个老头。我说是不是阿？卫老说开始猜不透，备不住是俩面孔，我们不是也经常这样嘛，当着人，背着人；远的人，近的人；粗人，较劲的人。我说有没有这种可能，你们推行上帝人格化，多少暗示了祂。卫老说您可别这么说，我们能暗示——上帝能受暗示么？我说哎呀，你也别把祂想得汤水不进，任何物体互相接近都会产生交换，祂就什么也不是，只是语言，语言和语言之间也会发生近义耦合、气口相切，我就看了谁的东西写东西就像谁，在接下来半天里。

卫老说应该不是你说的这种情况。我说让我们想想上帝的处境，祂能和谁有真正交流呢？就说天上还有其他小神、天使什么的，你会和你们家保姆、保镖、送快递的说太多自个事么？再说他们都是完美的，哦也许不是，但是离得近，想什么时候叨唠随时，估计也没少受上帝絮叨，耳朵眼都起膙子了，不逊未必，表面上应该都训调有素，让你没的挑。还剩下有谁，不就你们这些满地乱跑，到处撒欢野小子。

卫老说还是不太习惯你这么妄议上帝。我说嘻，也不用把自己弄得那么卑微，低贱到沟渠里，才叫顺服。小心眼是人，上帝没长这器官，十分不赞成把上帝想得跟你们一样小。

卫老说实际真有两个老头，一个是我们的上帝，一个是——你看我手上寒毛，都立了，我现在说这话背上还过电呢——祂的反面……还过呢还过呢。我说此话怎讲？卫老说啊呀！这就牵涉到宇宙第七和第八约识了，"绝对，不能或无法自我表达。""本质就是类别。"不是说绝对需要条件才存在，而是绝对无需表达，绝对即隔离。如果要表达，对不起，得设置对象，没有条件创造条件。所以无限也即无条件存在在认知层面等于无意义，等于不存在——这是宇宙第九约识。

我说不划线则无形，没有对立面就显不出自己。好廉价的约识。卫老说要不说儒家了不起呢，能破了全宇宙约识，在尖锐二元环境中不站队，发明执两守中伟大观念，不知他们是否申请了第十约识。我说别提他们——提他们干吗呀？他们说的内都是能抹稀泥的事，咱们聊的是抹不成稀泥的事。是不是绝对真理？是，一点滑头不许有。不是，——甭装！

27

所以在喝问派教义里，上帝是个动词，有两个时态，过去完成时和现在进行时。当祂处于自足、自洽、缄默状态，是无形无限的，也即不可知的。当祂对人类说话，就从这无限中走了出来，至少搭乘了一种载体——辞语。也即变得可辨、可知了。我们都知道辞语的不确定、不达义和广义性，人之不可靠首先借由语言。上帝使用这一载体，则不可免受限于语言之境，整全思想变得碎份。比如过分亲人，有时显得感情用事，一时热心对一地风俗下达严肃要求，时去境迁风移俗易则显得落后，因而损害了祂的真理性。必须指出这一切全是因人造成，上帝本人对此毫无责任很可能完全不知情。有诸多记载显示，祂以为祂的本意都传达到人了。

喝问派将神从无限、不可分割中拉了出来。尽管小孟声言那就是神自带属性，全能之一能。他并没有做什么，只是根据神的启示——实际上是替神摆明了这一点。还是引起同门两大宗派急要派和传主派强烈质疑。此二派从来不去也无力问何为自有，自有何为，故只能在次要问题如神的绝对正确，其所言皆是真理且不证自明上——与喝问派纠缠争执。

小孟说内些话就是我说的，所有辞句类型祈使、设问都是我组织的。神的话原不是我们这国语咬字吐音，你问揄罔老师，他动过神的话没有，不动，不要说你们听不懂，根本连不成句，到你们耳里你们能听到的，已经是改过的了。

炎帝一如既往不作声，没态度。术器说那不管，你说了不算。节并犀利发问你说清楚，你这个碎嘴上帝是不是咱们太阳？合同说我就是一大老粗，谁说咱们太阳落后，不答应！

小孟一个劲解释：是咱们太阳，落后是因为咱们改了，父母小时候叮嘱咱们的话现在听着都落后，可是爱护咱们心没变。有一种粗人叫岔道的粗人，追逐他们生活中不熟且在世俗排序靠前的一切，辞语崇拜即是一种。常见文化盲呼吁保护文化，身着褱衣摭拾亡音，此等人执念之一就是辞语神圣，辞语即事实，名人辞语就更是事实了。可悲的是山戤这种受过辩诘训练的人，也这种观念，用他们传主派的话说：敬惜成语。倒是颛顼替小孟说了句公道话：这就沦为拜物了。

山戤也说了句扒肝扒肺的话：我们这样的人，不得机会与神交通，再对历史记载神说过的话不当真，没有一个绝对尺度拉绳，又拿什么量我们走过的路呢？是，古往上帝说的话都是人传，至少有个断代，不必现在又冒出个什么人说上帝又讲了什么，扰乱我们吧？简一屁股坐山㦤旁边，头靠他肩笑眯眯说这就是怕走弯路怕说错话老实人的得篓子忘鱼。

小孟说哎，你怎么过来了，你们千岁内边怎么样？简说我们千岁内边很好，很平顺，不像你们这边打得热窑似的。

山㦤说没你们那么强大阿。一直假骸睡旁边不嗳声句芒忽然睁眼说：所以划下一道明线，确定谁是最后一个先知很重要。颛顼说哟！这谁家孩子，话说得明白。简说你偷听的怎么样阿，够自个闯一教的么？句芒笑说：邪教，邪教。

因喝问派二元上帝论与南传太元二元一体上帝有阴合，故月子教，莫加派都对喝问派持开放态度。大家都有点把小孟当慕道者，有点糊涂，好好开导一番，可以吸收拉拢入伙。

简跟小孟说我们内千岁局请你阿，你不是对无变有感兴趣么，我们有非常完美解释，来不来来不来？

同一学习小组颛顼跟孟儿说祝贺你，从混沌奇迹神学走出理性一步，神赞赏你的理解力。孟眨巴眨巴眼。颛顼说神现在没劈死你，可以深刻体察神的第三属性了吧？孟说不知您指什么。颛顼说神除了全知全能还是全然无惧的。神赞赏你的勇气。孟说谢谢神。颛顼说如果现在再分拨儿，你可以和女的算一头儿,都是二元派。孟说你才和女的是一头的呢,你们都是太元,本人是太昊正教徒儿。颛顼说你还记得你向我承认过,你师父——太昊先生,是二级上帝,受造的?

孟说我改主意了,从我师父告诉我祂创世大事迹内天起,祂在我们心目中就永久、不可退转地恢复一级上帝位阶了。

颛顼说你改主意了?别以为我不知道你当时拿出过三个方案。孟说多少方案也是师父点亮我头脑命我说的,我不过是师父忠实器官,我其实是个哑巴在议论巨大事物时。

颛顼说抬头看看哑巴,假如天上群星每颗都有一片咱们这样的土地,甭管什么东西站在上面吧,都会看到你师父从天上过么?孟说会。颛顼说那祂什么时候去呢?孟说晚上,从咱们这儿下班后。——哦我终于明白祂为什么不早晚挂在天上,下班去哪儿了。颛顼说那么多星呢,每只都兜一圈?

孟说这对神来说,难吗?最多走轨快点。颛顼说好吧,这话先搁这儿。承认么,无生一?孟说承认。颛顼说你看,为什么说你和女的是一头的呢,首先你们都承认无和一,同意无和一是同一事物隐象和显象,是整体和溢出的关系,只是这溢出之——象,你们和月子教见解不同,你们看到的是太阳,她们看到的是月亮。其实这二者也没什么不可

299

调和，你认为男女是同一物种么？孟说……不确定，是吧，应该是，没有生殖隔离么。颛顼说所以表面差异并不能改变实质相同。

孟说我也觉得这个事好说，我教相传宇宙诞生是一下俱全的，速度之快，在人看来就是同时，看似两个神一齐出现，实际已然是一生二了。我们没必要回过头再去争谁是一谁是二，都是一好不啦？我觉得我们应该摆脱内种凡事都有个先来后到二维思维，神之间没有问题，已经协调得很好了，一个早出，一个晚到。本人一直以为神是男是女，叫什么名字是个伪问题，神本无名，与人勾留便宜行事假名张三或寄名李四，与鸟交通可能自报阿翠，与羊交通托名八先生。

颛顼说胡说！这就是二元论者经常被绊倒的地方，能一生二，就会二生三，就会以奇数方式无限细分下去，最终把神淹没在一切未解之谜中，变成一股反自然力量。孟说既然宇宙是以这种方式幸存，神为什么不可以，难道不正是祂把自己属性赋予了宇宙——宇宙才成立么？颛顼说你看，听任自己思想跑驴就会在自得快意中兜偏，我们在谈本质，你却意淫现象。孟说你也赞成给思想设界了？颛顼说孟儿！二位一体也好，千万位一体也好，本质是一元，不要晃了自己。

28

卫老问我你觉得颛顼转世会投向何方？我说你发觉咱们周围谁像了？卫老说你不觉得你和他有油然亲，不言喻？

我说完全没有。自问不是他那样的人，可以理解他最后那么做自有情非得已，但决非上策。卫老说能说您心里还是个对以力屈人不以为然者么？我说也不是，只是从功利角度说，费力无果嘛。依据宇宙第十一约识：力对一个物体做功只能改变物体运动方向，既不能增多也不能减少物体质量，该物体所含能量则依宇宙第十约识变化。卫老说宇宙第十约识是什么来着，我忘了。我说从一个物体丧失的能量，必定会有另一物体得到等份能量，不多也不少。思想、辞语都是电能，神的话也许是光能，通过光电效应为人所知。古往，最无聊的思想、算命、风水，都在嘛，乃一句废话掉地上了？

时，我军马邑作战计划完全落空，我数十万部队在山里隐蔽设伏待机月余，匈奴军臣单于却率部原路退回，出了武州塞。司马迁来找我，说此事原拟记为马邑之战，如今战争没有发生，再用此说似不妥，他拟了两个叫法：马邑之谋，马邑之围。这两件事确实发生了。请我定夺。我说随便吧。

29

　　颛顼说能不能说你是你们上帝细作？孟儿说什么作？颛顼说专门打探人类弱点去向上帝打小报告这么一工作的人。孟说我有么？颛顼说我不知道你有没有，只是从现象找结论，你看阿，你们的上帝原来很沉默，总是显示大能在天上降善或降罚，给人印象很粗线条，并不针对特定物种，是全奖或全罚的态度。如今你把祂从沉默中拉了出来，在其间传话，态度越来越有针对性当然都是爱护人类良苦之心了。

　　孟儿说那是我干的事，我乐意承认，因为我，我们的上帝注意到了人类。细作，听上去像个小人，能不能叫联络员？

　　颛顼说随便你，反正干的都是上串下连这种活儿。

　　孟儿说协调员怎么样？

颛顼说都行，其实细作也是指工作琐细，不带褒贬。

孟儿说还是请换个名称，我以为我的工作责任重大且非常必要，并没有那么轻飘飘。颛顼说包打听怎么样？孟儿说哎，这个好，非常生动还原了我的行为也不带评价。颛顼说包酱，你是人里离上帝最近的可以这么说么？孟儿说可以。

颛顼说各么，就请你用简洁语言描述一下伊拉上帝，如果我是个才开始怀疑人生，刚抬头仰望星空，教内讲话属血气的，一个精神穷人，物质之奴，你怎么向我推荐你的神呢？

孟儿说伊……是我们世界光热之源。颛顼说不是重点，自己编的自己忘了？孟儿说噢噢，我们的神是世界的，怎么说呢，世界是祂做的一个梦，我们是祂的梦想，能这么说么？

颛顼说梦游，这么说比较准确。孟儿说我们在祂世界里梦游……我觉得说到这儿，大部分人就跑了。颛顼说太反直觉了吧，我们大部分人都觉得自己活得无比真实，梦和现实到底有什么不一样？孟儿说获得感不一样，梦里得的醒来就失去了，现实得的醒来还在。颛顼说如果现实之梦，神的大梦，梦醒定义是死呢？孟儿说那也还在呀，好比我盖一所房子，我死了，我儿子孙子住在里面。颛顼说做过连续的梦么？

孟儿说做过，有意思。颛顼说梦里一片街区，一个家，每次入梦都在，醒来算在么？孟儿说……颛顼说一个神，只带人做梦，不提供梦醒之后去处，只管起飞不管降落，能说是全能——负责的神么？孟儿说不需要去处阿，梦里生梦里死——醒了，还要去哪儿，再次入梦么？颛顼说谁醒了？你们的神既然提到醒，那就意味着在祂的梦之外有一种存在不管你们叫什么。孟儿说可以什么都不是，什么都没剩下，从无到无。颛顼说那你很牛吹，别人愿意接受这样解释么？一场大梦，还是被别人梦到，自己只是在其中胡乱走了一圈绺儿。孟儿说我的灵魂就是我的思想，就是我跟你说过的这些话，永不会消失，还会在空中飘荡，直到找到下家。颛顼说我就受不了你们这些废话，灵魂就是一些话、辞语。语言什么时候产生的？在那之前死的人有没有灵魂，如何保管？

北宗太元是那样一种一神观，他们承认无，但不作实体看。有算术零概念，但不允许有小数点。他们的时间从整数一开始，元即是整数一，不可分割，不是零点一和零点九、零点四和零点六的相加。因为这样一来就没完了，允许小数点存在，则意味着可以无穷位一体。故二位一体在此无容身之地。用莫加派大巫女淖的话说是"最古早的异端"，把神视作世间物，随着知识增涨不断重新定义神。从他们否定神的二位一体内刻起就已经弃绝了真神，亦被真神弃绝，只能听到他们自己想象、幻听的声音，或者更糟，天魔的声音。

我说什么意思，《神的花》《三坟》是幻听产物？卫老说我也不清楚，有这么一种说法由来已久。我说谁来下结论，判定的标准是什么，是以对人是否有利为标准么？卫老说这个嘛，只能问神了，没人有资格回答。我说是天魔的诡计？

卫老说神说天魔最大的诡计就是让你们互指为魔。我说这话也可能是天魔说的。卫老说这就没法聊了。我说魔是你提到过的内个——神的反面么？卫老说首先，我一无所知，经过这么多世代死去活来，我对自己的灵魂也不是很熟悉。

我说你是指你这个卫绾的人格对孟翼之灵魂——他内些思想和见闻——不熟？卫老说我也不知该不该命名为孟翼之灵魂，也许来自更早世代，姑妄称之，目前也只能追认到他了。我说依据宇宙第十二约识"人只能来回生肉体不能生灵魂"，所有灵魂依据宇宙第二假说都要追溯到宇宙创始者神或祂的反面——是不是叫魔单说。因为在太初，宇宙除了祂俩没别人，所有思想都出自祂俩，必须匹合太初给定环境，成对儿。卫老说什么是第一假说？我说神创造了宇宙。

卫老说呕！买！尬！这个为什么不是约识？我说因为所有约识都是神定，而神不能自定义，原因见宇宙第七约识。

卫老说你认为神会受限于自己定的约识？我说不然呢？我当然认为祂有能力推翻一切规则自由行动，你不觉得祂创造当下我们所处这个叫宇宙的所在正是打破——我不知该怎么说，外太宇宙？卫老说绝对无。我说呃呃，老忘，绝对无，——不正是打破绝对无之一切旧有约则最大的暴动么？

卫老说你一说我觉到了。我说这一次祂是立法者，祂的计划——立法原则是让一切自然走向终结。当祂踏入自创宇宙并向人类显现时就搁置了由着性子来的权柄。祂是自愿滴。

女淖，莫加派第二大宗派"雾里砸"派掌门。这一派很古早，甚至早于莫加本派。创始人女嫫，在太元信仰诞生当天就和她姐分了派，故教内有"先有雾里砸后有莫加"说。

李鼻先生考证"雾里砸"是古人类语"发问"的意思。又考证"嫫"古人类语读如"误差围"，与"魔"读音类同。

"围"，古人类语语气助词，作为动词后缀则为人称指代。如"雾里砸围"意思就是发问者。怀疑读啥卡，啥卡围，怀疑者。对话读马尊古木走，马尊古木走围，对话者。建议读马喷得科走，马喷得科走围，建议者。类似不等于思密达。

雾里砸派认为世间第一句话是设问：你是谁？古人类语读：围围 尼 纳你？第二句才是真理：我是神！古人类语读：密密 尼 闷古。所以在雾里砸派看来，发问是真理必要前提，真理不会白白送上门，无发问无真理。教内传说（指雾里砸派。太元各派包括莫加主流均不认此说），起初，世上无人，只有神和万物，后来有了人，在树上，吃野果喝露水，揪着树梢荡秋千，并不认识神。传说是这样说的，时，嫫爬上猴面包树吃果实，被猴儿袭击，连续荡枝穿越大森林，一把落空掉落草原，又遭到猎豹追赶，狂跑四百步，眼看豹爪就要叨到脚后跟，猎豹急刹车——没电了。从来没踏入过草原的嫫第一步就迷路了，因为当时草很高，跟树差不多，只是细、密，跟帘子似的，走道扇脸，啥也瞧不见。她急切想回到森林另一棵猴面包树，因为她姐妣在上面，嫫攀枝荡过天空时看到一群猴儿正往树上蹿，姐蹬树杈正用面包奋勇砸猴儿。

传说没时没晌，只说嫫绕晕了，脚下一软，昏倒了。醒来天如玉钵，大地漆黑，周围一片吧唧声，原来趴在一处烂泥塘，周围都是渴疯了的动物在舔泥。然后她看到一颗星像装了滑轮似的向她驶来，而她，用属灵的话说：被充满了。

这种事从来没有经历的人无从体会，那是一种巨大的认从感，归安感，就像整个颅内被光点亮，看清了这世界深层真实结构。你不属于这儿，不属于此刻，你属于一个遥远的过去。此刻没有意义，既不能使你获得也不能使你失去。你的痛苦也没有意义，因为你的痛苦来自此刻，此刻转瞬即逝。也许这应当算一种觉醒，也是一种崩塌。在这觉醒面前，现实忽然有了石墙内样的质感，开始皲裂，掉皮儿，簌簌剥落。再迟钝的人也知道这不是自然现象，而是来自一股有意图的大力，即便是哑巴，也会在心里蹦出内句话：围围尼 纳你？

剩下的问题全不是问题。第二天日落，嫫在裂谷断崖一处狒狒营地找到妣。姐正被一只大狒狒横颈拦腰揽在怀里，这只公狒狒正冲另一只红脸膛公狒狒呲牙示威，接着毫无征兆地扔下姐，小摩托似的冲向对方，在土崖上掀起帘帘烟尘。

莫加主流完全不承认有这么回事。她们自称"傲抽抖"，古人类语正统的意思，原指一种激烈忘我的佞神舞。简称抖派，又叫姐派，木塔咂摸卡腕砸派，——意思是神第一眼看到的人。这传说在莫加内部是个禁忌，如果你看到俩女的在奶孩子，突然扔下孩子撕巴起来，十有八九是碰了这根筋。

但是，莫加各派——整个太元教门都承认嫫是先知。在原始太元教义中，误差围是神因思考需要产生的对话者。是的，神有思考的习惯，祂有权利允许自己拥有这么一点小小爱好，这从祂讲过的话亦可看出，多有深虑熟思之轨迹。

所有宗派都同意神兜里揣着万事万物解药，惟独对人，这一自行脱序（各派叫法不一，有称演变，有称堕落）物种有时需要想一下。因神是善的（善的程度各派认识不一，因对善定义不一），故对恶的想象有限，人总是超出祂想象。

神不需要佞迎者，祂深知自己的伟大，逢迎对思考毫无助益，误差围就因这一念诞生了。他是建议者、怀疑者，这怀疑主要针对人，有时涉及神过分天真的想法，因神是善的。

姐派看法被认为代表太元正统：误差围只是神一个思辨

工具，一种对神的思考产生积极回应，激发神做出正确判断往往截然相反的观念。当神停止思考，便归寂了，不具位格。所有认为误差围是实体的想法是人短见，动机可疑的寄兴。

妹派认为，神从不停止思考，至少在人还存在的世代。

所以讨论误差围是不是实体没有意义，只要人在他就在，他的位阶相当于神的助手，借用异教观念——包打听。认为他反对人就是反对神，是人险恶，挑拨、离间神和助教的关系。

第三派是分裂自妹派的一个古老派别，就叫魔派。该派同样自称最早教主是媢，实际上根据可信口头记载，开山掌门是姐大娟，因教义极端当年——在古热带界即被宣布为异端，革出教门。大流离世代，姐大娟被泥岸得忈人吃掉，这一派被认为不复存在。大整顿查出这一派还在，人还不少，很多女巫秘密信仰，点传师是长相甜美的女月。这一派认为，魔就是神的另一面，创世必须动用的一种大能，辞语创世为真，同时也是一种修辞，神的意思是确实是我下的令，宇宙展开还要魔勤勤恳恳推动。该派给魔下的定义是：必要的暴力。非正式称呼：护法。可见宇宙告诉我们物质在时空分布永不均匀，故产生普遍运动，亦正亦反，亦开亦阖，有生有灭，解而复聚。其中规律即神与自己互动，左手搏右手，也即神魔互动。嗖！该派认为，所谓二位一体即神魔一体。该派思想混乱，流变过程亦杂收其他异教思想，《那什么》收有女月供词，其中有阴阳说源自该派教义，为大流离世代最后一位大点传师女娲点化伏戏所得云云。嗖！是异端无疑了。

该派极端派自称魔的女儿，礼魔不礼神。认为魔向为神贬抑，是神虚荣的牺牲者，否定神的公义性。旋又发展出一个相对温和的分支，认为善恶（这里指的是近乎自虐的教引和暴力导正的手段）是相对条件下神的属性。绝对——也即无条件存在的神，善恶亦无条件存在。故神，就绝对性质而言——不善不恶。此二分支亦为魔派不容，一体革出教门。

北宗太元放弃了二位一体观念，遂陷入一元困境，不得不对象外置，将误差围实体化，认为其非神造，而是宇宙自生的一股抵抗势力。在正统派看来，此说大大背离——实际颠覆了万物皆为神造、受神差遣的基本教义，是大异端。

30

　　大整顿期间还审查发现了很多隐藏在公开教派内的秘密结社。当年黎叔主持审理的一批以符号、图形、竹雕形式记录的秘社案件卷宗在南武涝被发现。经伯益先生勘译为汉言，手抄在《那什么》卅一至卅九卷上发表。其中一案所涉秘社名"恩主税"，古人类语"善"的意思，观社名可知是南方古老秘社。此案牵连甚广，从到案人供词看，其成员遍及各教门，其中不乏各教上层人士。我把卫老叫来，指着一个身插羽毛站盆上小人图形（见图一）问他：这是你吧？

　　卫老说是我，仙人形书孟翼之写法，我的曾用名怎么会出现在介里，你在看什么？我一手捂住竹简上其他字，指着两个圆圈图形，一个中立斗笠小人遍绕万字花纹，一个中伏炸须金龟子（见图二、图三）说：这两个圈圈是谁？

　　卫老说啊呀！这是炎帝蚩尤的花体签名，打仗的时候绣在牛毛旗上，当国旗使。我说人家揭发你们了，说你们都是恩主税会员。卫老说和谁睡？我、炎帝？这都什么和什么？

我说不是本朝的事。把手拿开：新出的《那什么》，你没收到么？卫老说快过冬了，家里天天送劈柴，没来及分类。

我说这个蜡烛认识么？检举你的人。卫老说烛光妹么，倒扣月牙是宵明姐（见图四、图五），朋友当时，老一块玩。

我说还想不起来么，姐姐妹妹的，恩主税！都叫黎叔一锅端了。卫老说这个真是不记得了，"一大"时候全是局，各派都拉人，泥河湾整个是一大局，盛况阿！没日没夜，大家都把最好的自己拿出来，都像神一样高尚，也不分谁和谁了，全跟亲人似的，互相关心，我必须说，我看到了世界大同，帝能给奴摘虱子，莫加派能给急要派口儿……

我说昂？卫老说你这一声"昂"显得特别粗野。我说不是，不是很高尚么？卫老说怎不高尚了？你的高尚包含了多少你的偏见。我说是是是，有有有，我的心上了无数道锁，好像是防贼，其实贼都锁里边了。干得好！敞开弄，让特么道德都见鬼去吧！卫老说我觉得你一点都不了解道德是什么。

我说我已经什么都不吝了。卫老说我们上古就没道德这词，最糙的人都懂得尊重别人天性，撞上什么兹当没瞧见，不管瞅着多令人讶异。我说特别同意，如果我说这是一特牛啵的道德不会使你感到讶异吧？卫老说不想再跟你说这些事了，关注点老是偏得厉害，我觉得大同世界实现不了就是因为有你这样的人！我说我低恶趣味，我最没道德行了吧。

卷宗透露黎叔的注意力主要放在揪人，摸清组织脉络，教义不是重点。审讯笔录多处显示主审人员打断到案人狂热演讲（很多人到案明显还处于神入状态，标准程序是先浇七桶冰水），要她或他着重讲经常参加趴儿都有谁，还有谁。

"至善道"（伯益先生根据其教义对恩主税的化译）目前已知基本情况大都来自附于卷宗一个叫"二哥"的线人报告。此人除了二哥这一代号并无其他身份信息，从报告内容看，事件多集中在一大前后，此人入道时间应不早于蚩尤渡河。报告陈述有条理，用词古奥，能熟练使用各教惯语，对报告所涉重要人物持论多平抑，应是炎黄部中上层人士。

我宣卫老进宫，我问他：你在你们家行几阿？卫老说行大呀，怎么了？我说你有没有印象认识的人里有叫二哥的？

卫老说有阿，伯益先生上面有一哥，是庶出，叫孟叔，在家他们街坊小哥儿们就叫他二哥。我说不是本朝，是前朝。

卫老说上古阿？我逮想想，有有，你还记得季禺么，当过我营长，后来都在特勤组，他就行二，组里人都叫他二哥。

我说那就对了。卫老说部队老二很多，老大在家继承家业，老二就出来混，我们特勤组就好几个老二。合同也是老二,还有老童、共工。我记有一次会餐,我们内一锅——当时都没桌么——互相一介绍,八个二哥,怎么了?我说没事。

二哥报告,南社(至善道别称)形成较晚,据其传道人宵明姐讲,她们在余姚老家还都是虔诚莫加信徒,说虔诚也是个人没想法的意思。家里——全族都是莫加派,小孩子生下来就跟着拜提亚,其实对提亚什么来历一无所知,别人讲她是女上帝,专门保护女的,就跟着信,说盲从也可以。

后来一夜之间水咸了,宵明姐说,老听见咔咔响,不知哪里响,明朝一看大陆垮塌了,我们余姚原来是内地你知道伐?宵明问二哥,二哥说不知道。宵明说阿拉余姚原来是四明深山里个边厢小村子,大家靠山吃山,爬树老结棍,明朝一推门成海滨大道了,街上拱的都是海豹,肥得嘞!下不去脚。二哥说各么不是也很好,好吃肉了,拿只棍子敲敲搞定。宵明说哪个能老吃肥肉炖肥肉?侬都不晓得屋里厢滑成哪能样,栏杆上全是油,筷子捉不住,蹲地上自个往前出溜,扶着楼梯上不去,抬腿就是一仰八交子,嘎急棍!杂嘎烦值了。

二哥说灾年就不要管蜡么多了,先保证活下来。宵明姐说的就是这个不能保证,水晴天煞暗窥不见肩胛头,以为将落雨,来的是浪,追着侬跑,刚上房同房子一道漂出去哉。

二哥报告,起初,南社就是一些在大洪水中失去家园亲人，因而对神产生怨恨情绪经常在一起论断神的妇女聚会。当时情况很混乱，大家亲眼看见陆沉——环东海低地平原像只年糕一块块掰下来泡在海里，显见来自超自然伟力，可没有一个教派女巫、点传师站出来说这是自嘎上帝做的，因为谁也无法回答祂为神马这么干。那些日子降下来的神对人们哀呼、求告全无反应。人对神不了解，对自己也不了解，觉得自己清白委屈，苦哈哈活在世上，搞一点东西吃一吃，摘两串树叶挡一挡雨，偶尔浑身发紧搞一下性交，从来也不是享受，而是躲不过去，内些可怕、龌龊的男人躲在树后，瞅个空子就像泰迪一样贴上来，蜜蜂一样叮一下就跑（跟二哥讲这话的烛光妹是性冷淡）。跟其他动物比一点不过分，还不如猫狗日子过得滋润，为什么？难道上帝是鱼的上帝么？

这些窃窃私语逐渐发酵成一种群情激愤，不信当今几位大神是上帝，不管太元还是太昊还是提亚，如果祂们是上帝就不该让这一切发生，既然这一切发生了，就说明权柄不在祂们手里。这股反上帝歇斯底里在南方灾民群疯狂传播，流布速度与所在地遭灾度成正比。南方灾民依来源地粗分四大杆子，最大杆子是云梦泽北岸蚩尤集团，余姚人叫"北岛舅舅"（南方已无成片陆地，只有一些山尖露出水面，故皆称岛。莫加派仍沿袭女主社会称谓，对男性尊贵长辈概称舅）。

其次是与余姚同属下江河姆渡－良渚团伙，团伙首领为型天，余姚人叫"下江舅舅"。再来就是云梦泽南各蛮族，多为女主部落，女淖女月都是内边出头露面的人，余姚人叫她们"阿乡姆嬷"。再就是"港泊宁"，指的是外洋漂来的登北氏内些热带人，独木舟一直停泊在港口，靠了岛也不上岸。

这四大杆子或漂或冲汇于凌家滩。凌家滩是后人定位，这里水退后泥沙淘澄出大批玉器和一支四斤多重石铲，被认为是新石器世代一处重要遗址。新石器世代南方最大事体各么就是蚩尤老师北伐了，伯益先生因之断为四大杆子锚定地。

宵明姐说内只石铲是她姆嬷传下来的，本来要做石锚的，没搞好做成石铲，在家主要用来铲粪，也用作治疗，腰酸背疼加热后铲筋，她姆嬷也是女巫。她们在水上撑了半年筏子，都严重转筋，什么都扔了没舍得扔铲子。玉器是全族姆嬷攒下的，看阿拉筏子结棍，装阿拉筏子上，各么到那里沉了。

宵明姐说谁知道哪里是哪里呀，遍地黄汤，长江、淮河、巢湖全没岸了。阿拉以为一直在长江主航道，看见北岛舅舅被冲下来，趴在筏子上打手语：你筏为何江心抛锚？我打手语：阿拉正在全速前进！北岛舅舅喊：勿要前进了！上不去的。阿拉四大杆子本来不约而同要去大别群岛滴，那里高么。北岛舅舅嫩么劝阿拉还较劲，脚下一蹬，筏子蹬散掉了。

可能是长江改道——也没什么道了，侬想想，东海南海大水都进来了，勿得了！原来江河统统成了暗流，在水下乱跑。我昵抱根毛竹喝了两天水遇到阿乡姆嬷筏子，一喊都是莫加门，捞我昵起来。可能南方也不知哪里雪山又化脱了，听说是黄山，水下又出现一股暗流，把人往北送。再见到北岛舅舅，已经同我昵下江舅舅筏连筏子搞成一片，像座浮岛了，港泊宁舰队泊在港里。宵明姐说，我昵四大杆子扛坝子商议，大别群岛是去不了啦，听说太行群岛很干燥，那里飞来雁灰扑扑，膀子落一层黄土。我昵准备向西北航行，才解开筏子，天目山化脱了，雪水下来冰煞人，长江淮河改道入黄河，就把我昵冲到你们这里厢来了。

反上帝初衷是寻得、求靠一位新上帝。二哥报告。职所接触南社积极成员都是强烈确信上帝存在。相当部分人有与上帝直接接触私人经验，共同表述为光的降临，立即瘫软心中顷刻激起巨大情感波涛，有心驰不欲归幸福感，有怕得要死，觉得自己马上化了；有悲恸，深达脏腑；有狂喜，形同此生将尽最后一刻得见真相，原来如彼（宵明姐语）。和所有人末了都会加上一句"我知道那就是祂"的人所共语。

所有人都反映这个"祂"不是我们已知内些神。这也不单是因为祂无形无迹，并无一个显赫高明公众形象昼夜行于上天，宣示祂的大能，而仅止于在某个幽暗私密时刻和祂"选中的人"——有此体验者莫不宠惊，故多持此说，也是真实意思表达——单独发生深刻思想交流，视你如己出。

南社聚会上女巫们讲到自己通神经历，无不痕泪，说就像小时候逃学回家，站在慈母面前，慈母什么还没说，自己就知道错了，再绷一会儿，就知道错在哪儿了。人这一生，怎么可能没过犯呢？揪花扑蝶，踩死小蚂蚁，想起这些年惨死在自己碗里的动物，就剩放声大哭了。那是无声的责备耶！慈母是代表万物——全体生命来讨公道的。尤特肚知慈母并不会把自己怎么样，当然是原谅了。万物亦不会把自己怎么样，当然是继续报效了。心里反而愈痛悔，愈加无地自容，愈觉此过难消，还有什么比犯过无从补付，且还要继续犯下去，永远背负在身，作为一个坏人了此一生更糟心的呢？

女巫们反映，这个神把人带到生命高处也即尽头，也不讲大道理，也不以恐怖手段威胁人，只是带你回顾你一生最要紧的时刻，内些失去而不是得到，孤单而不是热闹，伤痛而不是快乐，软弱而不是强大的日子。这时你才发觉伤痛软弱的你是好的、良善的。在你劣迹斑斑一生唯独那时是无害的。内些心碎、难过、眼泪于世界于你本人都是一份美好。

相当部分女巫自称由此获得一份特别提升，以自我为中心观照整个宇宙的能力。万象皆是你意念广延，拔丝成线，运粒造型，这域内的美因你而起，崩坏破灭亦因你而起，道上叫：神通观。借由出神获得的一种通观，也可称：

观如神。

这时你会拥有神一样的心境,大悲凉,亦称无上感。脱口能言身在那样一个维度必然高桩远望、拔乎天外,凌极于岸谷沧桑之上绝壁道德正确的大话。走火入魔说的也是这种境界,很多人进去出不来,寤寐不忘,自比神,或神之子。

南社众巫得此境界者甚多。亦不乏个别人不为所动,虽得境界仍囿于形骸生受。憎恨眼泪,视之为软弱。狂热坚持人的需求第一,笃定人为己、为族人所做任何事自有天授之合法性,反添了所谓担当。这也是一种入魔,挟神观睥睨天地,生大妄念:此皆我围场。宵明姐讲话:各有各的魔心。

入得境界,干净出来,认归本心,即可获世人所谓同理心、共情心。此时观世则处处有我,尤特见不得同为生命小动物受苦。内些看似苍白浑噩生命所受每一次折磨如同我被折磨。内些被虐杀猪羊临死眼中透出恐惧、绝望无一不是自我眼中透出。此时之我看得很清楚,这世上每一次残忍都将产生后果,使这世界罪孽增添一分,消减一分这世界存在必要。没有什么真理可以建立在止使某一生物得利而使其他生物毁灭基础上。任一生命遭轻忽就意味着所有生命无意义,这世界无意义。这就是全然的善——至善神带给人的启示。

魔派亦有此境,称处处有我观。魔家认为信息不灭,安泰易逝,欢乐不再,哀心永传。得着生命,即为生命所锢,或曰永生——永不得归真。这是一漫长全过程,从菌丝在在至所有物种灭绝，今世为人，前世为禽兽，下世为虫，非历尽胎卵湿化诸生——一茬苦不吃，一轮罪不受，不得消磁。非遍尝其痛，到那最后一遭，方生处处有我观，起大不忍，得哈库拿祖 萨瓦——无上平等心。凡恬然无感反出大言，生造种种异说将生命差序化，视其他生命受苦为合情，乃至从中得趣者都是初学乍练，尚在运化中，魔家叫"半道虫"。

二哥报告中记有一些南社祝颂词，其中有"有物和成，先天地生"句。此句南武涝出土沤竹及卫氏壁中书均有发现，与二哥本有异，各作"有物天成""有物纷成"。表现形式为行歌体，歌辞还有"澹烂若涂，琼荧无改。勃回不陨，堕犹逆攻"；"涝涝泱泱，若羼若搅。至湛至澈，有灵在渊"句。伯益先生初判以为莫加派灵歌，今从二哥本改为至善道颂词。

伯益先生案曰：这位神——至善神，全无古往流行诸上帝言传洋溢之拟人性（之所以这样说因为无人能断这是诸上帝自带属性还是人横加于彼。都成立，乃一头没这意思，这对关系也建立不起来），也即无人格，不说人话（这句亦颇令人踌躇，鉴于已知古往接收者、传播者全是人，不说人话，却又能被人理解，吾辈只能谨慎将其定义为"思想"，是简直思想对思想交流路径。然俄无法排除妄想）。南社众巫直呼其为"物"。应是意在区隔于内些过分人格化上帝。并避免有道友误会这位神是除人类之外另一等智能生命体。认为生命是物质高级形态，交换分辨信息能力叫智慧，只有生命体才具备，物质则无此能力，只是一堆无知无感大分子，是人类古早以来自说自话最大迷思。

南社中人亦有相当部分认为自己不属物质，将心识意念单摆浮搁，夸为"魂""灵"，并在此立意上呼召、织造起与诸神之传奇关系，使神之所为、所言亦不出生命观。好像祂也是个生命体，只是具有超能力。以神之大能，要存在，一定也是最简洁方式。站在神的立场上讲，这都叫亵渎。

二哥在报告中引宵明话作正解："有物和成"言下之意是我们也不确定祂到底是什么，以其广大宏邈微小如我辈永不能尽知其详。或可想见其容括只大不小于宇宙，往少说是宇内所有物质能量总和，祂全占了，故称全能。再往深说物能之外还有什么和什么，真不知道！想想就晕，故曰不可说。

故南社颂词有"吾不知其名，惟其可见辐凑之光，强名之曰路"。卫氏壁中书此句有刮蹭，改"路"为"道"，并錾去"惟可见光"句。经判为耳师手工活儿，由之可见耳师是光派，一元论者，认为道即本体，本体并不存在路径之分。

光派，南社两大主流宗派之一。虽不可说，强为之说，以光喻神，保留在南社亡竹中词篇有"常无常有，以观妙敫。冲！挫其锐，解其纷。和其纤，同其尘。用之久，不盈！"

又有"持而盈之，逆而锐之。聚引燎野，涤除玄览。

无疵！"

又有"视之不见,听之不闻,搏之不得。上不皎,下不昧。迎之不见其首,随之不见其尾。莹莹不可名,复归于无。"

又有"致虚极,守静笃。万物并作,各受其秧。夫物芸芸,各归其本。归本曰静,是谓宿命。宿命曰常,常曰大白。"

又有"无状之状,无象之象,是谓惚恍。惚兮恍兮,其中有象。恍兮惚兮,其中有物。窈兮冥兮,其中有响。其响甚大,其中有信。自古及今,其信不去。"

又有"无辙迹,无暇谪。无关键而不可开,无绳约而不可解。是谓袭明。常善救物,故无弃物。常善救人,故多弃人。"又有"将欲拧之,必先大顺。将欲昧之,必先丕显。将欲愚之,必先信焉。是谓叠缠。是谓相干。香不过竟日,华不可度季。人之大欲尤张弓,止于射……"云云。

据二哥侦查,这一派"瓦酥米"为港泊宁扛坝子母祖贝大叔,道上叫"母叔"。(刘彻案:此道指至善道门内,与江湖道无涉。又:瓦酥米,古人类语学者的意思,也有文献译作大法师。)

二哥报告,南社成员庞杂,且多为各古教世传神媒,对神自有认识,道上叫"习见甚深"。她们因"谁是上帝,何谓上帝"这一共同大问走到一起,又因各怀成见在此问上格

323

外较真、执拗、互不相让。故至善道始终未成一壁教门,至全道覆灭也止勉强够上一会道门。道上组织松散,各派平行,不设掌门、扛坝子,只以"瓦酥米"称呼各派教养醇酽,深谙教理之带头大哥或姐大。

母叔是全道公认大瓦酥米,首先提出三基则为入道门槛,凡我同道必当接受,否则对不起,您请另外组团。

一、吾等信仰之无上意志,无形无名。超生命,超物质。乃是本宇宙之恩主,万物窈汩之源、之根基、之所归。在其流域,万物平等,各自求生,人亦无得专宠。为免智者强赋人格,假挟欺物,与己张目,不得使用母恩古——神;老 母恩古 完古——上帝;这些能联想到生命位格的名词。亦不得使用第三代指:祂。权且命之曰:巴拉巴拉——道。

二、巴拉巴拉——道,是全善的,其大能不包括恶之能。这里的恶定义为暴力,不可理解为虽备其能因存善念而不忍用,就是如雌株不能授粉般不具功能。遇恶则听其兴起(异本作听其吞噬),如羊舍身饲虎。恶最大的力量就是把你化约成它而不自知。巴拉巴拉惟一武器就是"无不锐"(古人类语:虚无),那是任何恶也无以脱逃的宿命。

三、巴拉巴拉从来都是不言之教,从不曾说过一字人可达译之"无可为例"(古人类语:真理)。凡借由巴拉巴拉传扬之话语都不是绝对无误,只是人片面之解,而吾等也只能在这重重片面中探求巴拉巴拉之本义。故本道门乐见异端,提倡辩驳、诘难，追到天边问到底。无难诘无"无可为例"。

本还有四：宇宙之大，生灭有常，在人这微管环流生物看来就是无常、善恶率仆了（这里善定义为生，恶定义为灭）。巴拉巴拉，恒善，不生不灭。故非宇内之物，亦不服从宇宙诸约识，也就是说其本质是反宇宙的，故曰先天地生。

当时水派——另一主流宗就不干了。水派大瓦酥米，四大杆子之一阿乡杆子姐大雨师妾，道上叫妾姐，又叫妈姐。跟母叔瓦酥米争起来。

《骨辞正义》：妾，戴斗笠而立女子。古人类语读如"妈拉卡亚"，古女帝专称。仙人形书中与"帝"同部首（见图一），为帝同源字，阴性词格。在更古老八穗书中"帝"字"立"下无巾，为卜，泥河湾出土陶作省笔多啄为"卜"（见图二），读"开砸锐"。更古老鸾凤书则只有"妾"无"卜"，由中可见男女地位消长之历史源演。后"妾"为男主社会贬抑为站着服侍人女仆，始读"怯"。

妈姐瓦酥米说你这个四是多余的，善恶率仆还是人观，不是道观。生灭有常不出本宇宙，就宇宙总量而言可说无得无失。换言之，宇宙本无善恶，不恶就是恒善了。又或者说宇宙至今还在这儿，可见，就说明各种碰碰壶之后还多出一丢丢，这一丢丢即是天地、万物、生命。在人这有丝分裂生物看来就是全得尽藏，凡我日用生计，一饮一啄皆取自于

325

彼，而彼多生厚养，无不利我，可说是尽善了。无论乃一种情况，都无需借重宇外一股积极力量来反制、抗衡本宇宙。

母叔瓦酥米说不是需不需要，而是开宇宙以来最大事实：道非本宇宙自生。我们什么时候能摆脱站在人、生命、自我立场想问题阿！若以我为念，生命为得，厚生为善，利我为尽善，那和其他惟人为大教门有什么区别？呜呼！明善恶则无是非，于兹信矣。大伙相劝：保留，保留，毕竟大伙来是求生不是找灭，给我们留点上进空间，还不许人进步咋滴。母叔说谁保留，我保留？好好好我保留，许你们进步。

水派，又称水宗，南社第一大宗。女的差不多都入了这宗。母叔外来户，是南社接受第一位男士，要开除不附和自己的女生，等于开除自己。母叔忍了，说：就当我没说。

妈姐瓦酥米，上古第一女词人。卫氏壁中书今存李耳师亲工刀刻水宗颂词数则，旁案作者妈大拿，学界称水词儿。现煌列如左：渊兮，似万物之淙。湛兮，似或不存。吾不知谁之女，似诸上帝母（异本作诸天地之母）。

又有：夫道，若水，善利万物，不避天地之众恶。遇污，混兮其若浊。遇腻，解兮其若兰汤。遇毒，涣兮其若冰之将释。孰能浊以净之，腻以解之，毒以释之，而皆清？惟道也！

又有：道氾兮，澹兮其若海。飙兮若无止。之于万物，犹川谷之于湖海，天长水阔以降惭悔。来者不拒，往者不追。衣养百善而不为主，众恶归焉而不自宾。其容忒大，曰大道。

时谚曰：灾异现，有危言，大疠之年多卜啼。卜啼，古人类语鹗、也就是猫头鹰的音译。因鹗号啼夜行，天晓乃止，有值更鸟之称。在普遍养鸡前，亦有报晓之用。上古成语"静鹗舞桩"说的是黄帝少时有志于天下，经常鹗叫一停就起来锻炼身体，有时可能起猛了。且鹗善辨死亡气息，常栖于沉疴倒卧之人枝头发出笑声，之后不治。被认为是神鸟，能断生死，通阴阳。后转义为先知。加敬语那一位的"那"，称那卜啼、拿卜啼。阴性词格：拿比，女先知，民间俗谓大拿。

妈姐瓦酥米，更为人广知叫号，在大整顿一案到案人间讯卷宗中记为：妈大拿。在主审法官黎叔看来，正是妈大拿，破了各教共识：神是完全超越世俗的。也即"道不言得"。将玩味诸神起源这一风行于巫与巫之间纯形而玄心灵游历，变成一种与民生挂钩，所谓"事道同于道，道亦得之。失道同于失，得亦失之……"（全文见卫氏壁中书版南社颂词《得一歌》）极重得失、注重当下结果（黎叔在结案判词中指出所有来世说、永世说都是当下说）的功利主张。谓之曰：道得（异本作道德）。伯益先生考证，"道德"一词，始见于南社颂词《日损歌》：为道日损，损之又损，以至于无道。为德日进，进之又进，以至于德扑。道德易持莫能守云云。

黎叔在军事法庭上跟妈大拿讲：讲神就讲神，传道就传道，和道德瞎连连干嘛？神就是个老虎，摆在天上吓吓人就好，你把他请下来到处咬人，出这么大乱子，看你怎么收场。

大拿说谁请老虎了，谁和道德瞎连连了？我从来不讲道德，我连道德俩字怎么写都不知道。

黎叔说你们那个日损歌不是你作的，一天到晚挂嘴边。

大拿说不知道！

黎叔说我在和你讲道理，道德是什么？无外乎禁忌，本义是约制。强调道德就意味着收紧约制，势必要将一些本于道德之内人推出去、弃于道德之外。道德口号拔得越高，堕落者越众，你这个社会不乱也显得乱这不给自己添乱嘛。

大拿说听不懂！

黎叔大怒，一拍地：我看你这个大拿一点水平没有，什么都拿不起来。

31

卷宗记载，妈大拿是史上第一个公然自称是拿比的人。在此之前，拿比、拿卜啼都是死而后已所得追认。如史上著名女嬜拿比，女娟拿比，伏戏拿卜啼。先知，得神明示预言宇宙现象、历史进程者。跟巫摆两根草，烤块牛胛骨，断你明儿出门会不会掉坑里，您这一辈子是超级不招人待见还是能碰上一坏人跟着混几年，还是自己就能混成一大坏人，想犯的坏都能得逞生孩子有没有屁眼儿——完全不是一码事。

都是大事，拿卜啼聊的。神是存在的。宇宙不是无理的——是转的！大地怎么隆起又将怎么塌陷。我们不是偶然出现的，是幸运又是悲灰的，蹦得多高摔得就有多狠。对一般活在当下、认知不过经历，记忆不过当代，三岁看老的广众而言，无异扯犊子，故道上有"无有先知不受人民嘲笑"说。

嫫拿比说：将来要有洪水。姐几个正在干裂泥塘玩土，沙尘暴已经持续很多年，姐们儿记忆早已没了草原、雨水、泛滥、绿这样的景晒儿。森林和火一个词，叫"冒头"，因为面包树都跟火炬似的，老蹿着一个个火头。渴死的乳齿象跟芝麻酥似的，看着一大驮，一碰哗啦一地渣儿，一滴血没有。成千上万角马卧在迁徙路上，干成木乃伊，都出腭檩了。同为干尸鬣狗，牙床还卡在角马肋八叉子上，牙都锈了。

嫫拿比说咱们孩子都会淹死。姐们儿说你真逗。说完就渴死了。嫫拿比也处于脱水状态，跟着去了。但话传下来了。

不知多少世代过去，日子又过回来了。大地冻成一整块冰砖，扭脸又化了，到处是水和草塘。一只剑齿虎在狩猎，狂扑一群人。女娟带着姐几个一边吆喝一边挥舞树杈，然后是赛跑，紧后尾儿一老太眼瞅落了单，回身冷对虎，被虎拖走，大伙才立住。娟拿比喘得跟小火车似的，说：将、将来虎要灭绝……再将、将来，这些走兽都会被咱、咱姐们儿吃光。大伙擦着汗说借您的吉言。后来拿比自己被泥人吃了。

伏戏活着的时候，从没承认过自己是先知，说我不是卜啼，我见日光下凡物皆有影子，知道万物都有明暗面（当时词汇量比较少，伏戏自己从未讲过阴阳这个话）。又见昼夜交替，四季轮还，估摸天道是循回的。于是就用明暗分别去加地之四极东、北、西、南。——我连乘法都不会！我的八卦是加出来的，只为简单推算一下穷通兴废周期。我先知道什么了？既没神托我给大伙捎话，也不知人死后是否有知。天地万物摆在那儿，你们也都瞧见了，我只是嘴快，抢了个话头儿，你们可以叫我：先说。当时大伙拿石头准备砸死他，因为很多人按他的算法，算到自己该起点儿了，亲朋好友一齐梭哈出去，结果背得脚后跟都转前边来，想什么不来什么。

伏戏只能跟大伙赔不是，说你们原谅我，我瞎说呢，天道怎么可能让我蒙出来？各大星体转成这样，谁跟谁都没撞上，一定比我内八件套精密。有替他圆的，说尺度——尺度问题，八卦推的是天地点儿背点儿兴，以宇宙年为单位，现在是整个人类起点儿，地球点儿背的时候。他算的是这个。

伏戏说这可是你说的，不是我说的。他老人家活了很长岁数，到死还铁嘴钢牙，说我石马也不知道。由此也立下一规矩，或说传下一禁忌，拿卜啼的预言，不带催着应验的。也就是从那时起，有了个新词：皮斯乌都卜啼；意即伪先知。

这些事记录在禹惟一传世著作《文命谭》里，被认为是史上第一部笔记小说。说他是小说也非讲他皆虚，意思是不见得句句为实。伯益先生认为应系采自史前传说敷陈成篇。

宵明作为污点证人在军事法庭秘密作证说，妈姐是好大姐，原来在家就厚道，是村里产婆，村里一半人是她接到这个世上，出来混杆子也是以嘴笨心热著称，所以大家拥戴她。后来是在一次误食蘑菇之后被道充满，开始预言。当时大家闲的，煮了锅蓖麻蘑菇汤，十多个人喝，剩了点汤根儿，妈姐不愿意糟践，全给忒搂了，十多人不同程度中毒，恶心，想吐——吐不出来，妈姐吐了，吐完大了，看什么都在长毛，岩藓在开花，树干在增高，头顶斜飞去雨燕、脚下嗖一下蹿过野兔都在向她递眼神。妈姐脚步沉重，远山如屏风件件移来，联排而去。天上云如生鲜奶油一掼掼抟起，内雕透镂出门、廊、柱、厅。妈姐说一位"目击乌姆贝"——使者，在飞翔。又说这位使者是"母帕受 目击乌姆贝"，也即报喜使者。接着妈姐俩胳膊上出现小字，宵明说，一片连一片，密密麻麻，像起疹子，全都萤火虫内样闪着荧光，刷刷过。

　　出庭支持公诉军事检控官重叔说你瞧见了，还是只有大拿一人得见？宵明说都瞧见了，大家——我，身上也都出字儿，只是很模糊，像腭檩一样。黎叔命人端来只沙盆和一根树棍，说你写一下，内些字什么样儿。宵明说：并不识字。

　　黎叔说画一下么，凭记忆，画画儿总会吧。宵明说好吧，可不保证像。重叔说大概其。宵明拿起树棍，支下巴想了想，说想不起来。黎叔说你这样，从地上捡起一树棍，将两支木棍绑成丁字，一端垂直，两端衡平，叫法庭速记员侯冈：侯儿，你配合一下她，你们俩都用食指端着，都别使劲阿。

重叔说我来，侯儿识字，不准。我文盲，我准。黎叔说现在请放空自己，什么都不要想，闭眼，放慢呼吸……

只见垂直棍抖了一下，然后活了，像个小瘸子，在沙上磕磕绊绊划拉出连串鬼画符。黎叔问是这个字么？宵明说是。

黎叔问侯冈这什么字？侯冈说鸾凤书。黎叔说讲了个啥？侯冈说嗯，三魂非灵。重叔说啥意思？侯儿说你心里内份见识、判断、记忆，不是灵。宵明说差不多这个意思，妈姐用的词儿是你心里内个小人儿。重叔说大拿胳膊上字儿也是这几个？宵明说这个我不确认，我说了，一片一片的，看哪儿——哪儿出字儿，脸上背上还胸脯大腿，大拿人都绿了。开口是内种砖头砬子敲缸声儿，当当当的，说我，来自彼岸的母帕受 目击乌姆贝——报喜使者，又称吐空纳 目击乌姆贝——正见使者，有要紧事告知尔等，不是喜讯，是警告：三魂非灵。切记切记。同时字随当当声而出。我们都趴下了，惊得不敢抬头。我说过么，大拿也是文盲，不识字，还挠着自己胸脯问我们：这都写的啥呀？——你们有三魂概念么？

重叔说有有，岐伯老师总结过，叫胎光、爽灵、幽精。胎光：太清阳和之气。爽灵：阴气之变。幽精：阴气之杂。

若阴气制阳，则人心不净。阴杂之气则神气阙少，肾气不续，脾胃五脉不通。宵明说瞧病阿？重叔说就说这意思，魂儿，附所气之神者也。用物精多，则三魂强，所谓精神性识渐有所知，都是可以离开肉体存在的精神现象——我在说什么？

黎叔说我也不知你在说什么，你还是让人目击乌姆贝说吧。宵明说我们的三魂是智性、德性和记性。正见使者说，这都是习得，也即经验，也即成见。成见可建立亦可推翻，酒徒常言断篇儿断的是什么？断的就是成见。梦游、衰年失智亦复如是。故可知其无内禀，无实相，亦不得入本能，可技术性扫除。生尚不可久附，形销气绝安在？故其名曰魂，实同魄，你们有魄的概念吧？

重叔拇、食、中三指捏一块儿说七魄，一名尸狗，一名臭肺、一名吞贼……宵明说行行，不用说了，都是附体而生，用正见使者话说，都是属血气的。或死后不散，关心的也都是生前内点破事，小冤家，白死一场，一点见识不长。何以故？盖其情感经验不出生前，或可证都是亏心生暗鬼……卷宗此处有阙补，不能确定接下来是同一时间同一场对话，人物亦有出入。（伯益先生案曰：南武澛书原为一窨沤竹，本无次序。村人狼夯起出，野蛮装筐，故多蹿乱。且符图暗昧，所谓多解，余亦不得全豹，故只得参酌旨趣，间顾左右文，强辍之。骈指妖笔尤不得免，诚非欺世。怯以告。）

妈姐复言：我老实告诉你们，灵不是魂，人不可自生，非父母所孕，教习所得。虽习俗有时并称二者：灵魂。今日我在这里所说的灵，乃是指种子，全然出乎那在我之上不可思议、不可名状、沛然冲括于宇宙之大道。说它是种子，亦是跛喻。单指其得乎道，出自道，乃道洋洋洒洒所播。非实粒需藏家定持宝护，世间观浇养，方得萌破，翕翕然。灵是先天俱全的，或可喻明珠暗投，忽一日尘褪光被，道体自见，借藏家气口，得为人识。藏家、受体，或可叫属灵的。

我老实告诉你们：灵非世间物，非光、非气、非异能。不可求，不可修，属灵在道不在人。兀立姆斯哈吉——得道，在道不在人。灵归本体，与受体无涉。若有人见素抱朴，少私寡欲，一生谨慎，若寒冬涉冰川。矜慢，若处子畏四邻。敦厚得如一块顽石，超脱得似一座空谷。一生无过犯，若来世间作一回访客。亦不可称兀立姆斯哈吉——得道。止可说此人善独善。若有人不自为大，不贵难得之货，处下流不争，日减一奢，减之又减以至于无求。知荣辱而不进取，有棱角而不伤人。日平一念，平之又平以至于无益。绝圣弃学，报怨以相忘。日废一言，废之又废以至于无语。夫不为，非期有所为，是真什么也不干。亦不可称兀立姆斯哈吉。止可说惟上德……卷宗到这儿又残了，跟着是一份过时情报，内容是停战前南军各部态势及军力评估，密级很高，应该是有关部门提供给炎黄部帝级人物传阅，否则不应形成文字。

其中讲到，四大杆子经长年水上漂，漂到北方陆生资材已全然耗尽，基本部队军力下降到鱼类水平，所持无非鱼牙鱼刺。且因长期偏食，糖分摄取主要靠光合作用，部队普遍水肿、尿血、骨质疏松，走道罗圈，举重辄骨折。晕陆地，看山晃，听林涛则下意识岔立，或紧急扶墙或猝失平衡倒地。

其中阿乡杆子状况尤惨虐，成年男丁几无一人可以直立行走，皆患严重风湿。手若爪，背若弓，乘排筏行于水尚能下钓打捞，上得陆地，佝偻蹒跚若猿。可横移，跑则两脚拌蒜。遇坎寸挪，连滚带撑可越，遇沟下去就上不来。入冀地以来，未尝与我一战，丁减十之七八，皆因掉队被走兽拖走。该杆子目前实力最弱，在蚩尤部战斗序列多作为侧翼掩护部队使用，遇我包抄可惊叫报警。最新侦察显示，该部正向西移动，作为南军左翼进驻北临桑干一道土梁，当地人叫小长梁。此地遍布精心打磨细小石核，被认为是上一地质期另一古人类——毛人遗弃兵工场。尖锐石核，板砖发明前一种投掷器，亦可作军刺使用，由中可见毛人手掌娇小。此工场大量完成军器未及使用即遭遗弃，可能是菱齿象群冲上来遂一哄而散。据当地人讲，百年前这里象牙俯拾皆是，小孩挑水用象牙扁担。东湖林人强盛时部队中配备象牙兵。蚩尤大君将该部部署在小长梁，亦有令该部重新武装之意。

时，停战令已下达。港泊宁改称登北氏，驻地在东谷坨，与小长梁隔冲沟相望。两部来往频密，母祖贝大叔多次看望妈姐，起初谈的还是划分防区，共同组织防御，后来就搞到一起去了。蚩尤北渡后，河左最大降神场当属小长梁，是另一精神病中心（黎叔语）。孟翼之就是在那时接触到至善道。

卷宗记录，炎帝去后，孟翼之为华师旧部也即急要派、传主派不容，排挤出涿鹿老营，遂率其部，也即喝问派，避往河左。一说是追随炎帝同往矶山，途中与炎帝因神学问题多出龃龉，屡借神口贬抑炎帝，有僭望心，遭魃等严码，为驱离，流落河左。一说受千岁局之邀，赴河左入局，受妈姐教诲，自称开寤，遂留小长梁，为大拿挎刀。

卫绾案：于定中，或某一话头机锋，致心中成见顿刻一扫而空，得一全新世界观，曰开寤。与得道不是一回事。黄帝曰：开寤是明白道终不可得。黄帝于昆仑之墟开寤，有开寤诗传世：天地大养恩近梏，世上路多忘回头。心中有翼通域外，鸿庐无罩堙中途。信知有路不见路，梦醒尤在梦中游。

黄帝虽寤，不见来路，悲夫！得道，古有两解，皆曰归。一曰归正，世之所养皆在一途，独人走了岔道，放下我独特执念，回归众养所归，曰上道。二曰大醒，得见域外来时路径（异本作宇外）。此间区别全在根器，若道上言：属灵与否。

卷宗记,孟翼之往见大拿,问:属灵者何以知自己属灵?

大拿曰:遭人嫌弃,嫌弃日甚乃至千夫所指万口唾骂举目滔滔无一针可落脚无一叶可遮羞光巴出溜灰黯黯如过街鼠,你可以考虑自己是否属灵了。因为灵属道,不属世界。

孟翼言下大寤,说我终于明白别人为什么那么讨厌我了。

大拿说你还是要检讨是不是真做了什么让人讨厌的事。

孟翼说不管不管,反正特么我属灵了,明儿我就出去跟人说,大拿说我属灵了。大拿说这个,我说的是只是一种观察方法,嗯,反衬法。不绝对,也不是说所有招人讨厌不待见的人都属灵。孟翼说但是可人疼的,大受欢迎的,见谁都跟亲爹亲闺女似的,肯定不算?大拿说嗯,生前就大受欢迎,招所有人喜欢,可说是属世界。孟翼一拍大腿,说我就猜着了!能求你一事么?大拿有点哆嗦,说:你说。孟翼说我跟你干得了,你行,我发脚了。大拿说——大拿还没开口,孟又说:你知你是一什么人么?大拿说咱们谈话不把个人评价搁进来。孟说也许你自己都不知道,都不愿意承认!但是我——看出来了。大拿说我我我。孟说你是道!本!人!

大拿说你可别这么说。孟说你让大伙说!——各位姐姐,你们说,她是不是道本人?众千岁说:谁?大拿,——像。

大拿说停,别闹,我很知道我是谁,怎么回事。孟说怎么肥四,道成肉身了您内。

卫绾案:道成肉身,或曰下凡,乃古往信仰极重要一环或曰根基。人民叛乱军队哗变亦多借重,是获得合法性最省便办法。一般为本主自诩——自己先要当真,余众才会不疑。亦有本主无意,近者居叵,察兆骇然,张扬挑事,事儿大后本主不得不就范风头一时无俩或沦为笑谈。妈大拿案属后者。

32

　　起初，孟鬼子（急要派给孟翼之起的外号）讲了这个话自己也没太当真，奏是话赶话恶捧了妈姐一道。回到涿鹿老营，只顾卖弄，跟他喝问派几个小兄弟祖状、据比、奢比、黄妃说：哥儿们属灵被证实了。遂径去炎帝那里值班。到了所在，发现一地埋汰，人去寮空，只一向在营区捡破烂吴回一人蹲地上抖落撕成片麻袋摇晃裂了纹的甄。因问：左爷！人呐？（卫绾案：与重黎之弟不是同一人。此吴回原为斧棍旅什长，观汀峡保卫战遭登北氏部队咬伤右手被俘，被俘期间得不到治疗，右手坏疽最后连臂摘了，停战释回只得独臂，走道左倾，故得尊称：左爷。）吴回说你没跟上走阿，一早就走了，媿、季禺都跟上走了，以为你也走了。孟儿说没人跟我说呀，上哪儿去了都？吴回说你不知道我更不知道了。忽拾起一团未燃尽还剩多半部分草花蒂根捧手里吹掸。

孟儿说能换碗粥么？吴回说不止。

时，老营已成万国村。陆续北渡不属任何武装组织南方流民扶老携雏见空寮棚就钻，住下就不走，过起日子。一排排旧营棚隔出廿家卅户，竖荆插枝圈占空地，开出小菜园种瓜种豆，挂晾粉条鱼鲝、风兔肴肉。第一代大洪水婴儿已呱呱落地，蹲在寮棚口捣虾酱小姑娘背上哑儿上都吊着娃。

黄部留守处已关张，几个头儿颛顼风后都去了泥河湾。炎部还保留一个灶，每天熬蛤肉蟹腿荇菜粟米羹，去喝羹的都是走不了的，有残，或没家，合同炎居术器节并这些人。

炎帝在时，特勤组——孟儿他们这些人，有时当班没赶上饭，或想换换口儿，也去灶上喝羹，都是老乡——熟。有时灶上听了什么闲言碎语回去给炎帝吹吹，炎帝也爱听。

饭后这些人也不散，蹲一圈传个草，闲逼淡侃，也算一局。村里蛮子娘儿们管他们叫干葱局。（《骨辞正义》：干葱，拔下来搁时间比较长没呛锅失去水分的葱。借喻老头。寒水方语：苍孙。一个局全是苍孙，没果儿，骇语曰：干。）干葱们坐呢儿瞎聊，有老干葱说听说了么千岁内边出拿比了。大伙说谁呀？老干葱说至善道门妈姐瓦酥米。大伙说嘻！妈大拿呀，她不早拿比了么。老干葱说你们知道阿。大伙说太知道了，哭骇掌门人，回回大了抱着人哭，说你造么人心只会越来越坏，现在说啥都晚了，大洪水必定再来，天必定更热，人必定死，你应该关心死而不是怎么活。我们都被她拧巴过，正在天上直落地核，看人都是鬼。老干葱说可是你们知道么，昨儿晚上，她显灵了。大伙说显出谁了？老干葱说道本人，——道成肉身了。大伙说嗐，这也是事儿？道本人也太多了，有没有别成肉身的，就内一缕烟儿还能开口说话。

这时孟儿来了，拿着一碗，一路拿袄袖蹭着碗底，到灶口，碗一伸：多搁蛤肉不要蟹腿！老干葱说不信问他，他在。

炎居说鬼子，昨儿你去小长梁了？孟儿说昂，怎么了？端一稠碗羹蹲合同身边转圈忒搂。炎居说妈大拿怎么回事阿，又摆你聊晕了？孟儿说把我聊晕？那人还没生出来。她自己晕着，被我一点，当下大瘥。合同一抬肘——咣！孟儿手里碗飞出去，瓴地上。合同指骂：我特么就不爱听你吹！

孟儿后脑勺杵给合同：瞧不惯，你弄死我！合同举起手中碗：我特么……被干葱夺下连劝带拉开：都是华师的。

孟儿跳着脚说：诶诶，合同，我不就上辈子拿过你们家一根草、踹过你们家一回门么，至于的么你，记到这辈子。

合同气得，满地走柳儿，找砖头：今儿我非……

吴回单手抱住他：同！让人笑话。你是老同志了，他一新兵……

当晚，局就一直别扭着。同不时拿眼球嗖睃孟儿，孟儿一直不看他。末了天快亮了，孟、同之间隔的人都走了，孟儿忽扭脸，说哥，我不对。同一愣，没嗳声，耷拉眼皮走了。

二日，炎部勾留人员和同村蛮子街坊起了场群架。起因是宏爷让人欺负了。宏爷——大名张宏，原华师左军赤溷部营正，整编后在拳击师做扫堂腿教习。宗族是有鱼国渔霸，家中号称有艇百艘，网千张，钓竿无数，在当地就当水师使。百泉会战曾中砖砲，伤在左腿。拳击师布防三河口，夜间带学兵巡逻觉察草里有伏，伸腿一扫正闷顽石上，左脚五个趾头骨折了俩。从此整个左腿不好使了，走道微微右倾，步幅不能太跨，跨则趔趄。赤溷拉队伍回山东，半道掉了队，队伍冲南军卡子，都过去了，他叫人摁了，又遭一顿暴打，两条腿都打蛇了，遣送回营由当地派两个民伕用筐挑着。部队不在了，也没人管，就跟左爷一起天天墙根蹲着晒太阳。有时各处串串，见什么别人用不着的，当废品扔了，还能对付使，捡回来换口抽的、嚼巴的。跟他们一伙蹲墙根的还有两位不同原因致残华师老人儿，王亥、王子夜，都叫王爷。

卫绾案：考查上古三大部，惟炎帝部得姓者最多。由兹可甄神农诸邦世系古老。两氏帝室，前后十四帝，上下千年，国姓勋戚裂封也多。子孙不肖，夺爵除国，时去运蹇，吃光舔净也多。大庭有旧有俗言：当街泼水，一回泼不上，三回准泼中一帝孙。亦有民谚：不过南四湖不知家业小，不到大汶口谁也别夸家世老。南四湖，有仍国故地，古称鱼奶乡，有丰富驯养业。种植也很广泛，有"四湖熟半壁足"嘉声。

那日，宏爷照常蹲南街北墙晒太阳，正经一上午没挪窝，眯着了。接壁儿一蛮子老妇女，下河赶鸭子拾鸭蛋，家里煲着一鬲老鸭松茸栗子汤，准备下晚一家子贴秋膘，回来给老鸭翻身少了只膀子，出来蹦着高骂街。街上当时没别人，晒太阳的也就宏爷一人，别人还没起呢。妇女直接骂到宏爷头上：当兵的都是贼。宏爷回了句你骂谁呢，没当兵的能有你么？妇女就坐地上了，扭脸把草裙脱了，用蛮子话不知喊什么，过来一帮小蛮子就把宏爷打了。左爷王爷正往这儿走，见宏爷满脸血，就把孩子打了。孩子回家喊爹，爹拿着棍子出来，追着几位爷满街跑。孟儿提着板砖出来，把爹拍在当街。孩子他叔端着石镐赶到，照祖状背上就刨，旁边站着奢比，一脚踹叔腰上，叔身子一斜，一镐刨地上。祖状回头一步背挎把刚出门二大爷背地上。二大妈尖叫着冲出来，一罐尿全泼孟儿脸上。叔再次举镐，奢比又给他一脚，还是在腰上，叔再次刨地。跟着孩子他舅、他三舅、他四舅拎着木锨草叉纷纷赶到，这边合同术器节并炎居也拎着殳杆戈把儿赶到，双方在只容俩人错身小胡同里支支丫丫权起来。

权一会儿，蛇了几条棍，双方都有人手上肩上破了皮儿，但是阵脚稳住了，你过不来，我也过不去，就站呢儿骂，互相带他妈的。骂累了，到饭点儿了，也就散了。事后经查，并没比乃次权架更严重，爹有点脑震荡，叔腰彻底闪了，宏爷流的是鼻血，也没出人命。内根失踪鸭膀子找着了，炖时候太长，化了，骨骼还在。妇女老公是个懂事的，批评了妇女，从自个屋里抓了两只老鸭，代表妇女上双方有伤人员寮棚宣慰道歉，进行赔偿，好话说了一篓子，把事儿平了。

这之后，老营渐渐见不着孟儿和他内帮人，合同还是听左爷说，上小长梁了。带话给左爷宏爷，让叫上王爷，一同去，说内边东西好，女的也多，净熟人。一大的时候，分配给炎部几个代表名额，炎部驻泥河湾总代表山戩回老营找人，只见到合同，住老营紧东头原砲营料场一口废窑里，晒得黢黑，天都不热了，身上还只跨着一根带。山戩看看旁边三条腿只剩一条腿冷鬲，说你平时都怎么吃阿？合同说嗐，赶上什么是什么，也没饿着过。山戩说要不你跟我上泥河湾吧，就别这儿忍着了。合同说不去，不凑内份热闹。山戩说炎帝走时你去送了，说什么了没有？合同说去了，也没说什么，就说保重。山戩说你呢，打算回去么？合同说还是打算。

山戩说要不你等等我，我回去把内头事交代一下，立等折回来，咱们一道走。合同说行。

山戩回到泥河湾，赶上蚩尤病故，大办后事，他作为炎方代表，也要跟着射干侯、蹴鞠、食醯。就耽搁了下来。于是叫跟着他的伯龄去跟合同说一声，晚几日到。伯龄也忙，安排两个儿子鼓、延跟巫相学击缶，想在磬的基础上发明钟，试了几种材料石、木、陶——借了几只缸，都击碎了。蚩尤酱制得内天，食堂午饭贴饼子，都必须在食堂用餐，不去以大不敬坐论，第二天吃你的酱。伯龄领了饼子抹上酱蹲在一边吃，抬头看见山戬也蹲在一边闷头吃——才想起托付之事。

当晚投河，骑根漂木，一顿饭工夫下了涿鹿，趁月色入营，合同和他内帮人已不知去向。

卫绾案：漂木，指竹、松、槐、杨等速生林材，其木质疏松，易砍伐，浮性好，多用于结筏或刻舟，故称漂木。时，泥河湾与涿鹿之间交通分水陆两途。泥河湾居修水上，去涿鹿曰下。行人多走水路，水盛时乘筏须臾便至。夜间事急，通水性，等不及白日艄公开筏，自个游，也成。夹根漂木助浮，高兴还能翻上翻下，跨着坐会儿，穿流破浪，曰骑。

33

一大，应该说是人最齐的时候。南北名巫，大小教门，各宗各派，都到了。樊垕安排得也很周到，腾出最好寮棚给代表住。按南、北、东三地不同饮食口味调配食材，带厨子的可以自己开小灶。空手来的永远有仨火塘等着他们，一个架着整羊，皮酥骨烂，隔天换鹿；一个成排支着鬲，鬲鬲煨着鸡肝小米粥；一个也支着鬲，成排，菜色繁多，有虎骨白果、老鸭鹿血、鱼头苍耳、山药猪肺、蛇羹、依度西。

每摊旁边都有各种酱，想吃随便用。樊垕说吃好玩好，这就是咱们对代表的要求。山戭取酱时遇到孟儿，完全蛮子打扮，长发散下来披在腰上，上身赤裸，纹了俩套袖；下身粗麻包臀筒裙，绣着乱草、蝴蝶、飞鸟——跟一特高女生似的，还纹了面，所以没认出来。跟女生还客气：您先。

女生说山老，您不认识我了？山戭望着眉眼青紫肿得像发糕内张脸，说大姐您是？大姐笑：孟翼之。山戬受惊：孟儿阿你都这样了，你这脸刺的是蜘蛛么？孟儿说哦，是太元，近处看到的太元，跟太阳一样，也是放着光的，不过是冷光。我现在改宗太元了。山戬说噢噢，快阿！你也是来参加会的？

孟儿说没占咱们炎部名额，算阿乡杆子内边代表，非选我。山戬说好好好，来了就好，一会儿聊一会儿聊。

起初，夒叓邀约颛顼共同发起巫代会，初心很现实，情况很混乱，不能这么乱下去，要把各门各派有代表性人物请来，大家一起坐一坐，聊一聊，先建立个共识，把不入流、钻空子、骇身体的打下去。初步判断大家都是巫门中人，假定都有一个共同假定，相信这世界决非人造，人出现万物即已完备，这之前一定有个开辟者，不管祂叫什么，神、规律。祂是来源，人之所知、所能皆来自祂，也将归于祂。故，就让我们继续按各自习惯方式赞美祂，接受祂的教诲。没有争论，争论很肤表，经常落入二级问题：谁是神的真正代言？打成热窑。我们都是有神论者。所谓无神论，只是不相信神那么直接，像人那样行事，换言之，不相信神话（神话确实很露怯，基本把盼望当真理了）。除非你连规律都不讲了，才可称无畏（无神论别称）。本意很简单，和气兴巫，交流产生融汇。话没明说但有蜡么个意思，把巫事从"术"提高到"学""道"这个层面。

大会发言主要采取分组,于定中一对一或一对几,掏心窝子。这也是与会巫者共同愿望,要谈就摘下人格面具谈。

大会头几天气氛很好,也是恰逢大君下世,大家沉浸于集体舞中,思量都在彼岸,此岸顿现虚无,酒饭都剩了很多。

真正分组后——当然是自由组合,问题来了,本来同门同派巫之间产生剧烈争论。(案:因大会记录很不完整,且出于维持大会平顺计,录者对事不对人,故只记"或曰"不记或曰者谁。以下是会上最夹缠、一望可知难有确论只会徒增歧分,最后必招致严码几只问诘。又:这只案评亦无名,度测为当年与会者或其子孙年代不远者。南武涝文献历世也久,多无名评注者,余卷案注皆径直括出,不再说明。伯益补案。)

或曰:人何以归……歧分从未完成宾语处显现。有认为应该叫"天"——归天。有认为应该叫"真"——真相所在。此问前提即是人生若寄,我们生活世界为虚。有认为应该叫"光",言下此世为暗黑。有认为应该叫"乡",因为我之所归便是来处。都是将此生视作过程,此世视作浮云,人在这里好也罢、苦也罢,都是短暂一瞬,将来——立下就要各寻各门,各归其本。正如莫加派古歌所唱:云是为雨预备,雨是为河预备,河是为海预备,生是为死预备。

偕与归?我的什么归?在这里主语又产生歧分。天派认为没毛病，就是人，完整的人，连灵魂带肉身全须全尾的人。

天派这么说自有他的道理，因为天派所见之神便是像人一样有眉有眼，带四肢，活生生的……神（这里不知是哪位神，因为天派纵跨所有教门，各宗皆有持此论者，横括太昊太元提亚诸神）。真派认为这是不通的，此间虚妄，第一虚妄的就是人。此间苦，苦的便是五欲——肉身凡胎。此番苦还不够，还要带肉身同去真在（真相所在缩语），莫非是去享乐么？这可是……你们生活很不好么？天派说你不懂，我们说的不是你以为的人间阔佬享受，是永远不愁吃不愁喝不工作还心情愉快——内种乐。真派说好吧，我不懂，反正咱们去的也不是一地方，祝你们常乐。此时大家还很客气。

光派说你们是不是有什么误会，把形象和身体混为一谈了。我们都知道神是万能的，向人示现经常变换形象，取的是方便，易为接受。天派说不是，我们中有人还拉过神的手，看见祂在那里吃东西，真实不虚。光派说那你们就以为你们的神在天上也是有身体的了，所以你们也要带着身体去与你们的神同住？天上肯定是不能饲养牲畜了，至少也要种一些果蔬——把植物搬到天上去，还有衣裳梳子，差不多也可以说是整个人间了，这样真的好么？天派说神是无所不能的。

除了天派，其余各派都认为"人"居主语确似不妥，人涵盖太广，应改为"灵"——灵何以归。这里灵又产生歧分，包不包括"魂"。这很重要，因为灵只为少数人所具，而魂，人皆得有。这里有个拣选问题。灵归，则指这是少数人特权。魂归，则为普遍福利。大家比较倾向这不是一个福利。

有不知乃派人忿而言之：没那么便宜的事，一辈子一门心思过日子，除了老婆孩子挣钱置地什么也不想，这么属世界，归，还有你？天派亦深以为然。

那么问题来了，除了在座各位都属灵，这个不用讲，那是当然滴！世上诸人，芸芸众生，也不时冒出自称属灵者招摇过市，如何分辨，是不是乖悖时俗，引人侧目便是？由兹催出第二问，或曰：属灵到底指什么？

有认为是一种自觉性，一种穿透平凡庸满能力，每于不经意间被戳中，什么都有了忽然心里空了，都是灵在叫。

有说完全不是这么回事，此说只可称泛灵。灵非能力，而是客体。灵，属道，是道在大移涌时的溅落，如大河奔流浪花之飞溅，落入此岸，为肉身沾惹，看上去为肌肤所吸收。可是不！灵虽无象，决不属人。道上人言：皮是皮，灵是灵。此不可说若硬要说，人就是灵披的一件衣裳，可穿可弃。

但是，灵为凡胎裹覆，若宝深埋入山，靠自己无法得见天日，看着就是一俗人，须有采矿人荷锄入山，寻着晶点岩隙，一锄下去，道光乃现。或曰唤醒。灵为五欲包藏，若聋若哑若盲，若囚徒蒙头大睡，于梦中眼明手快，拈花惹草，好不快活，此时须有探狱者入内，一把掀去被头，拖他下地。这掀被人、寻矿人就是各教中人口中常说的神，以男女百兽飞龙大力金刚诸象示人，叫人知天外有洞，洞中有日月，觉昨是而今非。人尊之为神，其实都是使者，道的使者（此为至善道说法无疑了）。灵在此岸遭际，就俩字：遗忘。忘了自己是灵，以为自己只是人心头一个念想，一抹悲灰，时不常涌上心头的绝望和去而复返、摁捺不住的愤世嫉俗。什么风景也撩不到你，什么美人也留不住你，看什么都叫没劲！明明本地人，父母双全，亲兄热弟，一街筒子故雨熟张儿，老情儿新知，就是觉得生分，跟社会隔着，宅在家里犯乡愁。

泛灵派冲上来与击掌是是是，我就是这样。

完全不是派说：也不是说犯乡愁都属灵，还得看你这病能不能解了。天涯海岛，深山人家，陌巷风柳，小桥穿舸，要是你到了这些个地方，脚着八错，是我寤寐思之，财务自由就想落户地方。对不起，不属灵，属情调。泛灵派说好吧，怎么都没我事是吧？不是派说你逮有知识，否则掀被货的来了，你也不认识怹，还跟怹急，坏了你好梦。泛灵派说我愿意学，你愿意教我么？不是派说道里带来的，教不了。

另一派，自命当选派——说：也没那么玄啦，属灵就是一种生活方式，顺服神，安守在自己本分里，过敬虔有信的生活，也即灵性的生活——相对混吃等死而言。生时通过神的拣选（一说炼净），生命结束，神自然施以援引，提你归住祂的居所——天上。什么道不道的，无影无踪，玄之又玄。

这就回到第一问正问"何以归"——人将借由什么路径或曰程序得以归？或曰谁有资格进入名单，决定权在谁？

当然不是人决定，由筑路者或引路者——大家都同意，上路须接引，路很窄，入口、途中多关隘，也不是谁胆肥就能闯得过去——也即彼岸大能者决定。这个没什么争议。

谁有资格，在完全不是派完全不是问题。因为属不属灵盖由前定，与后天作为无关。什么修为、持戒、积德、养元，老老实实做人，本本分分做事概称乐小善者。因为世界属牢笼，乐小善几等于服从监规，不打算出去。也确有很多人二进宫，凭记忆还能找到原来坐过牢房，死亡并没有释放他们，而是把他们打得更黑。重回旧监大家都很高兴，祈盼能多住些日子，老犯人特别受到尊敬，因为不愿出去也不重视改造。

该派主张：此间无我，惟灵与皮囊。灵不属世，皮囊贪欢。看起来是两个态度，一个弃绝世界，一个拥抱世界，相互抵牾，实则都是一回事：没态度。

选派同意尺子在天上，不在人心，但路还要人自己一步一个脚印走。不同意人生如坐监，因这世界是神造的，神看这一切都是好的，是祂待见的，人亦如此，为神所待见。故人，既不可弃绝自己，也不可弃绝世界。若弃，罪同弃神。

该派主张：起初，这世界是善的，并无恶容身之地，因神没有造恶。后来有了人们口中的恶，也并不是具有客观实在性的实体，而只是善的错误配置。谁能指着不包含关系的物说这是一个"恶"呢？譬如铜，譬如石。抑或我们可以指着一碗水、一捧粮说这是善，因为可以使我们活命。把水送到焦渴人口中曰：行善。把碗打掉或夺来自己喝了而自己才从水里上来叫：恶。因为错误配置了，你并不渴。同理：铜淬炼成刀，可以切萝卜。石敲打成斧，可以砍藤萝。手拿它砍同类，错误配置了。也许有人会说水、斧都是中性，没手端举就不发生善恶。同意！善是需要行的。这就是人在神的计划中重要且必须给予特殊地位的大事缘由：神要人替祂去处处行善。有毁谤神的人说神提拔人只是为人有口，可以赞美自己，夸自己的名，而人存在的意义也就在赞美神，夸祂的名。错！再没甚么话比这话更伤神的心了。神说：我使你们有眼，你们紧盯着别人妻女。我使你们有耳，你们去听虚妄的谎言。我使你们有嘴，你们争说别人不好。我使你们有手，你们去刨别人墙脚。我使你们有心，你们互相憎恶。我使你们有头脑，你们算天算地还算计我。顽劣的人阿！你们还要怎样错会我的美意，错配你们的位置？人阿……（此处有脱简，原文见《三坟》。）

该派传说：神造物，不是用手，乃是用辞语（《三坟》记载，此咒短促有力，就俩字：要有）。起初，神还警醒，不使其灵借辞语渗透偶联至造物。人是后造的，在天地万物之后，神有些懈怠，语调拉长，灵就顺着尾音流溢到人身上去了。

不多，只是神的大能之一，表述能力。于是人就有了语言，在有嘴的百兽中独一份。不是恩典，是闪失。神也即刻发现了这个无意偶联，觉得问题严重，因为语能背后是思考之能，也即判断能，也即选择之能。——选派在此开始歧分。

主流多数意见：神给予的神收回，神未收回就意味着应许。神料到——显见这世上存在差序，生命通过差序占有资源，获取能量。有差序的世界是不稳定的世界，在下的总要向上移动，以使自己有机会多获能量而不是总被抽取能量。这个机会过程，就是运用选择过程。嗖！选择能力毋宁说是生存充分条件之一。故，神慷慨让渡了这个能力是让人可以体面生活尽管出于闪失。神认这个账。同时神也显示了愿对让渡选择权可能产生的后果，即人用这权能不是行善而是造恶，承当连带责任，相当高姿态：造恶必罚。同时为了显示仁慈，又设置了一条免责条款：忧悔必赦。毕竟人是造物先天不全。至于神为什么不造一无差序世界，使一切物大小方寸质地皆同等，像一窑烧的砖，首在审美，谁也不需要一世界砖，造一块砖好了。其次是个奥秘。这一奥秘记录在《三坟》中，其深奥即使读过《三坟》的人也不能理解。原文如下：起初，人是平等的，因为我们都来自一个细胞，该细胞的能量来自跨膜质子梯度，即细胞膜两侧质子浓度不等，因此形成电压差，驱使质子从浓度高一侧向低侧转移，因此产生能量，或曰获得能量；这个过程叫渗透偶联。神的灵就是这么转移到人的身上去的。随着人群形成，复制再复制，细胞数亦增至天量，每一细胞内无时不发生质子转移，而神的灵并未均匀地随着每一份复制离散，只在祂选中的细胞内涨落或曰出没。至于祂出于什么考虑选他不选你，这是个奥秘。而由于这个奥秘的存在，细胞组与细胞组也即人与人之间产生了灵上的不平等，也即属灵和属血气的（也即属世界的）。

这是个事实。神从来没说祂造人性情体貌智一毛一样，所谓平等从来指的都是权利平等，也即机会平等。——也即上路资质平等。这也是选派坚持灵性生活惟其重要之缘故。有太多见证显示，恶人过上灵性生活，本来属世界的最后数他属灵。属灵解释：跃迁。这也间接回答了神出于什么考虑选人奥秘。而属灵的不过灵性生活，灵将堕落（此说引出日后大分裂——门内称"根本分裂"的一问：神会堕落么）。

主流少数意见：神就不可能闪失，这么做必有其目的。

说神高姿态，言下神预见到可能发生结果并放任这一结果的发生，尽管预置了救济措施，而救济永远不能抵消损害，只能使损害加倍——同时坑了两个人。实为不善。言下神不善。

设若人无选择，只能依本能行动，本能为善么？这里的善定义为无亲利他，不包括大我之内母爱子，同种群内互利等项。故，人因有了选择而作恶，这里的恶定义为利己，罪亦不在选择。而无亲利他在人群中从未发生。故，人并不知何为善。不知何为善，则如人无眼。思考如眼，故，神给人选择意在使人睁眼。其目的只能、也必然是全然出于善，给人一个可能机会向善。效果好坏则不能以向善者众寡论，只要有一人向善，做到无亲利他，神就没白费心。

这一论断其中也隐含着一个日后聚讼不已的推问：既然人为神造，神为什么将人设计为有缺陷动物而不是一开始就将无亲利他设为人本能？比较粗暴的回答：这是个奥秘。

比较流行的回答是神就是这么造人的，使他无知无觉无有自我，后因偶联知觉产生，自我产生，乃是一种低级自我，只知温饱，要达到无亲利他这样高级阶段尚需次第时日。故灵性的生活是必要的——这是主多派说法无疑了。

另一比较粗暴回答是神必须这么设计生命，若生命全无缺陷就成神了，就不是神造人而是神造神了。

完全不是派亦介入到这场争论，称无亲利他简称忘我，我等就是达到这样高级阶段的一些人。完不派称,其实我们两家门户隔阂没那么深,你们是他力本愿,我们是自力本愿,是同一辗转增上运动不同次第,你们是生起次第,我们是行续次第,并无正邪,只有前后。先不说神的次第,先说人,——你们,提次第很容易,只要放下神独爱人包袱即入广大境界。实际敢自问神为什么把人造的有缺陷,就已经是开始怀疑这个说法了。你给我一理由,神为什么要独爱人?天上缺人么?您缺观众么?你们想搬天上住,到底是发自内心要过高尚生活非如此就过不去——还是就想永远活着?然后呢,想过没有?宇宙可有寿命,到时空散摊儿内天,你们怎么办?是让你们神把你们带外宇宙去还是怎么处置你?外宇宙可不一定您说了算,您要归于无呢?太给神添麻烦了吧!

主多派驳斥完不派:你拿一概念就胡使!我们的无亲利他和你的不知道自己是谁是一码事么?自力本愿,好不要脸!你也不是谁下凡,天上一点不熟,完全无知,从来都是在地上——黑暗中自骇。自力,是蹬着两腿崩屁——崩上天么?

完不派说呵呵,这就是次第不同,低年级同学啊,以为知识只是通过课堂传播。听说过蹲班生么?外地转来的,本来比你们高一年级,因为学制不同,半工半读,傻大黑粗,到你们这儿蹲一班,老师讲过的都听过了。又或者叫自费生，工作好几年了，到这儿混文凭，年龄看着比老师都大，都当领导了，都给人开课了，社会经验比老师还多……

主多派说你快拉倒吧，说特么什么呢？

完不派说同学！你真的以为自我是实体么？能穿过此世到彼世，进入永恒并与之实在么？你连一根头发都不舍，都要带上走，见过实体大的！若此事为实，灵的概念对你们就是多余。永恒很热闹么？难道不该是超越一切物乃至时空结束——独在时空岛之外才可称永恒么？你指给我看，现有世间物乃件可以出离时空岛？蓝宝、红宝、金刚钻能揣在兜里带过去么？凡夸说永恒之城纯金铺地，起七宝楼，树悬璎珞、华果，散种种花皆为身见（我见我所见）、边见（起于身见，或计度为死后常住不灭之一边）、时空内见！因为无知所以信，说什么信什么，就摆脱无知了么？信念——以为是事实即予坚持，不接受反驳。真理——世界由然之因。——信念是真理么？（此数问由完不派提出，与前数问合称"完全不是十问"。也有说七问的，也有说十三问的，端看论者觉得乃几问重要。）

主多派说鬼子！你无实体，我也无实体，咱们俩只是两个……你们叫什么？鬼子说一切无、看似有。主多说好吧，看似有。我现在一砖拍死你个看似有，能说没杀人，只是破了个晃张儿而不负行为后果么？鬼子说行为后果嘛，只能说造成原有叠加态的离散，在这一层面，没人要你负责。至于你这个看似有在你所处环境中是否有禁止性规定，不许任意改变其他看似有叠加态，那是你环境的事儿，问他们。

主多还未说话，完不派有人插话：鬼子哥鬼子哥，不是一切无，还是有极微，极微汇成看似有，否则看都看不见。

之后一切就尽在洗泥去腻，辨形添笔整理中了。从目前已修复数枝残简获得零星信息综合其他消息来源，我们只能度测孟翼之——这是惟一确定身份的辩手，受到道德追问。好像他涉嫌在会内会外组织了一连串蒙大裸，或者既没组织也没参加，只是为这种古老群趴方式辩护而成众矢之的。指控质询俱已失考，只留下孟鬼子空洞略嫌无耻的声称：

并不觉得内些道德垂训属于不知道的不知道。严格说还是旨在调整人与人关系，最基础的东西，不用人教我也会说。活在地上长眼睛就看得到，只是我不关心人类只关心自己这是我不如他的地方。你们感到难得只能说明你们沉沦丑恶到何等程度。要说难得，难得在史上第一次有人替在下群氓说话——是不是第一次，有人讲有争论，不管他！影响最大是肯定的——并指出在下者道德位阶、受选排序总是优于在上者及内些标榜灵性生活自义者。这个话对不对，可以讨论，本人持开放态度。今天我们讨论道德，就要极而言之，给道德家排一下位子，能言者最下，能行者最上。道德亦是时务之学，践行最要大勇。依凡可能性必至穷逮万事通理——没这个通理？现在有了，叫孟氏通理。——可以预言：今日无人，日后必有人，为人类牺牲。为人类牺牲当然很伟大，是至高境界，你们做不到，我也做不到，乃至无从入手。也曾得见伟大烈士高喊为全人类牺牲，结果只是造福了本地区广众。至高是不是就无上了呢？非也！过去兄弟也以为至高就顶天，无以复加后已。后来听闻，至矣尽哉还可以再广大一些，超越人族观，为世间所有生命体付出。你们不知道我知道，已然有人于往昔阿僧祇——具体说是十的一百四十次方年前——发愿：愿生生世世舍一切身家包括身命血肉布施穷人、禽兽乃至蚊蚋。是不是做到了不知道，其愿仍在践行途中，我们现在是黄帝六年吧，还在做。但是，能想到已然是又进了一步。而且人家不吹牛，讲的很老实，我这么做不是无私，只求贡献众生，是利他自利，既利众生也利自我，我要因此成就一段觉寤。到那觉寤成时方可叫无我，到那时方叫无上。为众生舍一切是不是无上了呢？于众生界，然也！是不是就没有进步空间了？非也！再下一步就是冲出生命界。如何为无机物舍一切，兄弟思来想去，也只有默默自裁以谢万物了。

是的，道无所不在，肆泛于本宇宙却不限于本宇宙。我们这些流溢将来是要回到时空外的。怎么回去？当然是卸尽本宇宙过载，出离物态达至虚无也即人们常说的空境，才能避免打破虚空叠加态，产生新时空，才能向无界之外跃迁。为什么说虚无重要呢？那是我们打开时空岛大门的钥匙。(时空岛采用极先进门禁系统,即在有无之界设置虚空,其间有、无叠加,充满涨落,虚粒子瞬间产生又瞬间消失。实粒子——任一物质形态一旦现身,即打破叠加,有——产生,时空随之广延,跟着你视野跑,你就是虚如光亦无法逃逸。)你们当然无所谓,你们最大愿望也无非呆在本宇宙最高层。

过载,这里指渗透偶联产生的能量。在你们看来就是泄欲了。这事儿咱们还怎么聊阿?空乐不二听说过么?乐极生悲总听说过吧?大乐之中有大空,近似不等于圣者心境。行行,你们说要流氓就要流氓吧。

34

分组进行到第二天,老童来向颛顼报告,各组发言热烈,尤以至善道点传师孟翼之活跃,颇受各组欢迎,凡组内空气沉闷,各人装厚道,一地没嘴葫芦,便请此人去,摇舌鼓唇烂吹一气,在各组留下无解问,至群起喧纷热掐以为乐。目前热掐榜第一是:比光还虚是什么?第二神是否会堕落?

颛顼说这个人我知道,有接触。看山戬:不是炎帝身边的人么——过去?山戬说这个人哪里热闹往哪里钻,外号醒药。爂垕说神是否堕落,正确的提问方式应该是:什么是神?

老童说这两问也未必无解,之所以上热掐,只是因为执念过深每个人都有份,容谬只在表面,谁都不能接受揭底刨根去势说,正解也就烩于一盆你来我往较劲曲解中泼将出去。

颛顼说我觉得这样好，我于吃饭见客也最怕碰上无嘴葫芦，相对尴尬，惟闻时偶吐出某言掉地砰砰声，每每沤得我多说很多不当说的话，回家后悔，终席无话为什么要见面？

山戮说比光虚的不是绝对黑么？颛顼说这恐怕还不是照度问题，是有无问题，光代表最轻便的有，或称似有若有。

山戮说无还分层阿？颛顼说好像有人这么说，无是碗粥，在搅和，从虚到极虚，彼此纠缠，今天说不清的就是谁最虚。

山戮说彻底虚行么？绝对虚行么？颛顼说我接受你这种说法，在我这儿行。可是要碰上较劲的还会问你，彻底虚怎么画，到底有多虚？据说还有暗物质，也就是你说内绝对黑，一旦现身该场域能量忽然全部丧失，所有物质湮灭（这是什么毁灭力量阿），有大光，似乎有物跃迁退激（魔、大魔，是你么），能隔皮骨摧人肝胆。真让你说着了还！搞不好光下面真分层儿。我觉得咱们老哥儿们就别往这里绕了，这是一无限循环问题，每一答即是下一问，要不说缺德呢。

什么是神，我记得谁说过梼杌看颛顼：你吧？颛顼摇头：我，从来没有。其实也不是什么新问题啦，外道争来争去，互指渎神，就是这个问题无终解。梼杌说你其实也没那么信。

颛顼说我其实也不能这么说，再看，再看，大家怎么说。

山戬说全知全能自有永有不是答案？颛顼说内是偷懒说法，等于摸不清、猜不透全叫神。好处是省了所有不明现象解释之难，坏处是自然灾害往往不能解释也全归了神。你看神学家一天到晚在呢儿干嘛呢，就在呢儿缝，东缝西缝，替神遮，咱们这儿叫"移过"，把罪过移人身上去。

獒㺄说这也是不能深聊，深聊——打出脑浆子也无果。神什么样，只有神自己了俄，解释在天上，怎么描都是错。

颛顼说所以说神的真理性不能往不证自明那儿一推了事。我敢肯定神对包圆说不满意。神古往兴起人，世代兴起人，所为何来？都是神设法自证，希望人少些绮想，多些对神的了解。据以，所有追求真理并有所发现的人都是神兴起，其发现都是见证神。拘泥古说是辜负神，陷神于浮陋粗浅。

獒㺄说您这也算自证自说吧？你这也算妄度神意吧？

颛顼说两条路，一条是看着神受委屈，百口莫辩，不搀和；一条是替神想，维护神，哪怕不在点儿上。你选乃条？窃为神考虑，正确打开方式拟为：你们觉得我该什么样？因为神可具任何相，若人对虫豸，可仁慈可凶恶，端看彼时情状，小环境需要什么。虫豸不能言，虫豸若能言，高高抬起这只脚就有可能踩不下去。要把心里话对神讲出来，不能一副您什么样我都接得住的架势，那叫刁慢！告诉神，你心里最初不受已知刻板印象、畏惧报复心态影响的——猜想。设若真有神，应当具备什么，不当有什么，——才配叫神。

桼厔说你这是要给神画像阿还是打分？这还叫维护？

颛顼说这是起码义务我以为，在尽可能范围导正人对神的印象，也是殷盼。舍此我们还能做什么？如果不猜，想都不敢想，真相永远得不到彰显，就算神站出来说老子就不是这样，就跟你盼的不一样。呕尅！嗖喔！也只能尊重怹。

老童说您是想逼怹出来表态么？

颛顼说没这意思。桼厔说你殷盼怹什么样呢？颛顼说那我逮回去想想，立下等刻哪里说得出来，可聊的太多了。桼厔说还是要考虑需求。山戬说还是人的立场。颛顼说还是。

第三天，老童回来报告：我把您老意见做了传达。颛顼勃俄：谁叫你把我话捅出去的，这是我们几个人私下议论不负责的话，传出去，首先影响别人意见畅快表达……

老童说正想向您老汇报，并没有影响任何人畅快表达，各组讨论早已偏题，回到自己感兴趣话题。甲组（并不清楚甲组情况，都是谁跟谁）争的还是古老一元二元问，并在下午达成初步共识：自古一元二元不分，人在定中，自我与宇宙合一，浑然一元。出来又深陷现实与灵界——物质与精神二元对立中，故不得不接受二元现象。实际是认识随认识对象变化而变，即识由境迁。迁的是人心，客观真理岿然不动。

颛顼说哦，好好好，有共识就好。终于得见一种共识，哪怕不是真理亦足堪慰。

老童说要不说初步呢，共识甫成顿刻分裂。裂出这拨认为话说反了，未得圆满了义，认识是第一位的，先有观看，而后境象乃成、沓至。也即境由识变。也即识外无境——无人观看，客观真理不！存！在！

山戬说哎呀！对不起各位，我就是这么想的，世界存在于人心，我思世界在。颛顼说听上去也蛮符合直觉。

梜垕说你二位意思是咱们出世前，世界不存在？

老童说不瞒各位，我当时也被刻下说服。和山戬颛顼热泪握手：咱真是一头的。然俄！此论甫立我正要放心离群，右腿才迈，左腿将拔，就在一步之内，此论遭破。梜垕说嚯！

老童说有甚深定中人忽起开口，说我于甚深定中所见，虚空粉碎乃是物与物干涉，并无人参与作用。所谓"我"在一旁观看，初我也以为是我参与——识介入，乃有发生。而后恍俄，在下是谁？目如光，触如电，身如渣，亦是物。所谓"识""我"无非是巨观假想，既然不能自外于物，在不在又有什么重要呢？在在发生，不在亦发生，故我站唯物。

颛顼说此人是谁？老童说说出来也不是外人，孟鬼子。颛顼说想不到这才几日，竟叫他得甚深定见。——说乙组。

老童说乙组（乙组情况亦不明，不知谁和谁）一直在议论人。山戬说乙组很多女的是吧？老童说全是男的。我去几趟，都在聊谁是天启，谁是声闻，谁一手，谁二手，谁太狂，谁其实是个笨蛋。颛顼说不要提名儿。老童说现在议论人谁还说名。山戬说这有什么好说的，自古就有天启声闻之分，声闻——二传手，无非钩沉拿卜啼所言，以儆效犛，故重师传，尤重解经，自甘卑小。一手——天启，直接面对神本人，有卜啼之位，所传亦多未闻之言，在二传看来就是狂悖了。

䰰䨺说我突然想知道谁是笨蛋。老童说我，他们说我呢。

䰰䨺说我看就这一条你就不笨。老童说真的也是没有针对具体人，说的是某一类人，暴力倾向，怎么还没怎么先瞪眼，看似性格问题，其实是笨，脑子里缺根弦儿，人家三弦儿他单弦儿，碰到事儿唯一内根弦儿，呲儿——就断了。

山戬说谁最狂呢？老童说还是我，几位大哥，咱们这么聊会不会显得我这人太是非，把人背后讲的话乱传。

颛顼说不会，你是听会，回来汇报，我们要求你说，在座的乃个也不是嚼舌头根子人，都有自己判断，也不会你说什么就信什么，——不算。

老童说我猜啊——因为他们也没提名，只是根据事在谁身上推断——是妈大拿。他们说过分了，道成肉身是乱来的么？一个人坐在地上，掸掸土站起来宣布：姐姐我——道成肉身了。要有异象，异象在哪啦？颛顼说大拿自己宣布的？

不是被人塔儿哄——哄上去的么？这跟我听传的可不一样。

老童说我听传的跟您一样，乙组说还是自己有想法，杆子里人才哄起来。棸屋说那她自己呢，内幕到底是什么？

老童说不知道，大拿不是分在三组么，也没露面。三组聊的很家常，净是谁跟谁好了，谁跟谁又掰了，谁跟谁正撕着。颛顼说我听说大拿跟孟鬼子好了，俩人都住块儿堆了。

棸屋说我也听说了，说怎么遮，俩人还准备要孩子，这不是有病么？老童说真不知道，真没内幕，您别逼我说了，要孩子？我这还真是头一回从你们俩这儿听说。颛顼说好好，我们两个是非了，我们两个给人造谣了。

四日头午，棸屋颛顼山戠正在吃瓜，狗血青豆丝瓜煲。听说打起来了，头也没抬继续捞丝瓜吃。山戠对跑得直奔拉舌头老童说：你先别开口，我猜，——鬼子，让人打了。

老童喘匀了说您猜得出一，猜不出二，让谁打了？

山戠说还能有谁，被他拧巴的内些人呗。老童说大拿！让大拿打了。昂？棸屋颛顼一齐抬头，说：还有这事！又埋头下深水捞，这时煲里青的翠的已被捞尽，只剩狗血了。

35

　　起初，大拿尚在定中，见一异象心中疑惑，大地奔走，迅不及插足，星空螺旋西坠，俄而拔丝；地表山川草木皆倒悬，若虹吸，若栽绒，海为之一空，世间城、堡、帐、棚载浮载沉忽现忽灭，是充盈于、冲刷于宇宙之大道本体无疑了。（此无疑不可理解为客观事实，或可曰潜心见：以日郁夜虑为基，曲杂以种种得失欲念、恐惧绮想，陡然外显，悬于幕幕，思惟此最胜妙者。或曰妙有见：于心思生起观照，思之最妙，亦有妙解，然彼妙解，即自障碍。）然俄，这宇宙洪流之端，忽见一黯淡冲和所在，非岸非谷，非烟非气，若说是光，无色无芒。若说是水，无声无波。若说实，不见纹地质壁。若说虚，疾视不可穿。若说大，似尤可见漠漠。若说小，宇宙至此断灭！不可说，有思想。那思想说：你回来了。大拿说我我我。忽听人说：你是道！本！人！大拿顿刻醒药，眼前是孟鬼子嬉皮笑脸。大拿心中大腻，半边身子还在定中，双眸尚未完全对焦，只是敷衍说我很知道我是怎么回事。

孟鬼子说道成肉身了您内……迳自而去。大拿这边心里倒咯噔一下，犯了嘀咕，还记得境中内句话：你回来了。这时现实感如四面铁闸缓缓落地——哐！将她框在铁壁之中。

据宵明到案后供述：大拿还行，没觉得被恍了范儿，有一阵大家也挺爱拿这事跟她逗，给她起了个爱称，叫身身。身身长身身短的，身身也乐，说比大拿好听多了。又说开这种玩笑罪过呀，醒药真不是东西。二天醒药来了，也喊身身。

大拿说滚！醒药说怎么样阿身身，对人类生活还习惯？必须吃饭很麻烦吧？还有一事也很麻烦，躲不开，说着臭吃着香，得空儿我带带你。大拿说边儿呆着去！醒药说不合适阿，对崇拜者这态度，给我们透一底儿，人类到底应该往乃边儿去，宇宙啥时候黑灯？我们这盼你，来了不能不嗳嗳阿。

我们说醒药太不要脸，太欠了。醒药说那没办法，当着身身我就傲不起来，你们将来都会后悔，没对身身更好点。

黎叔说这么弄确实也是谁都不好弄。宵明说也听身身她妹九阴说，有回身身望天儿望了半天，把九阴叫过去，

371

说哎你帮我看看，我有点拿不准，天上内朵云是不是在冲我点头。

黎叔说也有点着了道阿。宵明说也有点被哄得起燥。有时也说，我现在不能随便说话，别人都看着我呢。人变得正经，过去很爱开玩笑，现在爱沉思。过去很多不是事的事现在看不惯，经常不分场合说扫人兴的话，一帮人正美着呢，她说快乐即餍足，所欲皆敉平，产生不了向度。痛苦是损失，暗中有溃洞，探底至少见深度。你们不要骇皮，要骇心灵！

黎叔说也成醒药了。宵明说快了。黎叔说会不会是……咱也不说肉身什么的，一根脉打通了，道心通了人心，责任感出来了，我指渴望恢复世界或曰自然应有秩序的激情。

宵明说并不认为责任感需要外设，从乃个层面讲都是多余。就是本能，软弱自私伴生物。见过不负责任的，也无非自私压倒责任，并不是说责任感就不存在。否则何来道德，就是基于普遍内疚共同拥戴的约制——把责任公共品化。再不成法律见。黎叔说对对，法律也不过评估损害追究责任。

宵明说按内醒药的说，动物中存在的公义一点不比人少，差不多每个食草动物都是高尚的这你怎么说？黎叔说只能说神格外眷顾它们，使其无识无染。宵明说是阿，这就看出神真心对谁好了。大拿说人是需要灵魂的。醒药说再也不能更正确了！否则道德就失去压舱石，成为无本之木，成为人们一时兴起随意伸缩掌握——原话有点糙阿——的嚼儿。

黎叔说俩醒药凑一块了？宵明说凑一块了。大拿说现在也就醒药懂我。一段时间俩人没事就相约入定，于定中聊一些形而飞的话头：道在讲述它的心灵中流转，一些人被充满，一些被倒空。离岛旅程有知，无情无外慈观。入听洞反观父母所生之身，犹虚空中吹一微尘，若巨洋流一浮沤。造物神面目可从祂的造物逆推。属灵的和属世界的交配意味着灵的消散，三世之下只余哀悯而无记忆，五世之后尽成顽愚。

黎叔说这个我听懂了，就是说只能他们属灵的和属灵的互相办事儿，生出来的娃才百分之百属灵，这个圈子有点越混越小阿。宵明说纯灵其实鸿蒙初开——有交配以来已经不纯了。如今的灵或多或少受到污染，所以你看力量都不是很大，特别属灵和特别胡说八道经常并举。几代单传的纯一点，孩子多的肯定不是了。黎叔说有鸿蒙以来一直单身纯而又纯的么？宵明说你说呢？黎叔说这就是大拿要和醒药生孩子说之源？我怎么那么不信醒药属灵阿。宵明说谣传之源。我都在，确实没事。醒药之乱，即便属灵也早在当代散尽了。

宵明说这种谣言多一半也是醒药自己散的。醒药流窜各组与人作对，净给大拿得罪人，号称遍破外道（至善道外各教门），外道不承认，说破特么谁了，姆们只是不爱搭理他。并送醒药新外号"职杠"，职业扳杠的。识外无境，意识决定存在，本是我道门基本教义。醒药在甲组生将人扳作物，用大拿话说"破没破外道不知道，确实破了本道"。大拿说愿意考虑修正你的说法么？醒药说我内是定中所见。大拿说什么所见也只是现象，评断才出结论。醒药说提出你的观点，简单驳倒我即可。大拿说你认为意识是什么？醒药说觉知，将我从现象汪洋大海一把拎出伶俐抓手。大拿说来自哪？

醒药说经验，从小屡受环境痛击趋利避害反照所得，一定要追溯可穷至遗传链中生生世世避闪不及惨遭横死已写入本能之教训。大拿说你说的是下愚吧？意识等于本能，就俩字：求生。醒药……大拿说承认灵是意识么？醒药说不承认！大拿说阿？你连灵都不承认了。醒药说灵是知识大姐。

大拿说知识立足于哪儿？好吧，就用你的定义，意识是世故，生命教训。灵是先天知识，非生命经验，就像飞鸟，来自天外，瞅见你这棵老歪树，长的有年头，搭窝在你高岔——意识上。所以谈论鸟，就要连窝带岔一起谈，你不能把鸟驱离窝——意识之外。这么说你同意么？醒药说你一下把我说难过了，太初天空，空空荡荡，只见一只孤雁在单飞。

大拿说飞鸟尽是寂寞灵，那些找不到可以栖之枝只能独自离去的灵（二人谈话于定中，故有异象应声迭出）。

大拿说世界是极微和合而成，你看到是极微影响极微和合过程，是事实。可别忘了，灵是知识，以编码方式渡世，在辞语之先是思想，一份份的，信一样，投递不能行于真空，势必借助介质，也即极微，故灵创极微在先。极微在无尽时间里反复耦合，所有偶然凑一块，形成这个波澜汹涌现象界。

醒药说我太大了。大拿说你在哪啦？醒药说在海里。盲挥前爪作拨浮上喘状：暂时被说服咻咻，既然谈到无尽时间，偶然尽成必然，需不需要灵介入还要考虑。大拿说先要有个开始，在一切开始前糊涂弟弟！你怎么又落入时空内见。

时空内见确是大杀招儿，一句掷下，千百熟见俱成废言——醒药讲话。

大拿和醒药又骇聊几次，交谈比较广泛，卷宗有缺，详内失考，以下数句据信是法庭书记员侯冈以军谣行歌体（即古队列行进曲）速记粗要聊备隔窥：绝壁之上兮啾啾雏鸣，养螺听海兮见井疑影。日出东极兮百川下流，荆棘长锐兮凤鸟绝翎。称义行凶兮神不配位，空行万古兮道何夸盈？通而不用兮爱生两隔，身死同销兮精尽骨轻。远鸿杳杳兮胡宁惟是？洞境非境兮怯而复惊。劈山见山兮登桥桥塌大哭

375

而还！

好像还是有不通。好像越聊越往下。宵明说（卷宗这又接上了）醒药又拿出职杠精神，跟大拿杠上了，说并不是针对你，也不是出于狭隘教派立场，就说这事！你说的对，时空岛一定不是内燃（一定不是吗？）而是由时空岛外某股力量创造或叫给定，不管这股力量叫什么。也正是这股力量持续注入造就了当下你我。身体意识、魂是属世界的。心，这一摊总和最敏端，属灵。示众界面、发言者叫"我"。因了这一属性，我将复归岛外不管真假至少我们是这样传说、自努、往那儿奔并且我们也通晓离岛操作。当我乘湮灭之光到达时空边界，虚无至可以凌时空岛一跃——停！我的问题是，谁在那儿跃？我连个基本粒子都不确定是，思考这个问题还有意义么？如果是我在思考，是不是必须我在场？答案是爱谁谁。故我别无选择，只能选站属世界你懂我意思么？

大拿说我懂你意思，思考至你世界属性湮灭也即肉身灭失为止，此后一切无意义。也即只要你还在——你内个"我"还在，只能考虑属世界问题，属灵这事儿根本与你无关。

醒药说我这算觉寤么？大拿说你这算断见，见识生于己身止于己身，不信因果流转及生死之外有信常住，身死则万古与之同断灭，算唯我主义吧。醒药说与之相对之见为何？

大拿说常见，认为神、我常有，天上站着造世主，时间的累积就是永恒。醒药说姆们俩谁靠谱？大拿说都是邪见。

醒药说大道不息，时空岛外常住。不是邪见？

大拿说大道满盈，时空岛外寂静，不生不灭，不涨不落，不实不虚，不迁亦不——不不迁，不住亦不——不不住。

醒药说姐、身身、大拿、大拿姐，到底是我姐！这话说得周全，兄弟杠断了，容兄弟回去磨杠，待接上再与尔杠。

大拿说职杠！你怎如此不知好歹？明明杠断了，满地找牙，还嘴硬，还要接上再杠，为什么就不能羞坦坦承认：我蛇了！接受别人道理，从你嘴里说一个信字就嫩么难么？

职杠说还真是想，如您所说，算了，较什么劲阿，胡乱信一个，跟大家一样，又怎么了？可是，职杠眼泪下来：兄弟做不到阿，兄弟怎能不较真？说起来哪家也是比古老还老，何止是二手，千百手不止，有没有以讹传讹阿？我哪里是不信神，我信不过的是人！别以为我们什么都没听说过，什么都不知道，都跟傻缺似的叫你们数着脑袋拍花子，拍进去一个算一个。身家交出去容易，命交出去一闭眼，也成！灵魂交出去，不扫听个门儿清，抄个底儿掖，信则灵，成什么了？

大拿刚要张口，职杠横手一拦：行啦大姐，啥也甭说了，我信也不是让你说信的，起码我知道你是真信自个的。我呀，就这秧儿了，只能接受信仰的道德部分，不接受神话部分。

大拿说你很有道德么？职杠说我尽我责任，为天下除害。你知我怎么想的？菜刀常使才会钝，锄头老刨才会秃。肉身是恶债主，欲望是套路贷。人不把自己各器官用至衰竭这个坏逼不会放你走，临死捯最后一口气还要蹿逗你：再喘，还能喘，多疼也要活下去，你看生活多美好。哪里是你要活，是坏逼要活。内话怎么说的：纵有半文钱没还清，你断不能从这里出来。所以你晓得伐？禁欲和纵欲是一回事，用的招儿不一样，一个渴死它，一个是掏干它，都是死磕的路子。

然后起来丑舞。然后突然一猫腰蹿回大拿身边跟大拿说哎哎，你说我这么爱世界是不是因为女的呀，我太爱女的。

黎叔说这特么醒药是真够醒的。宵明说可不，生把我们这圈人全闹醒了，我们跟大拿说坏逼逗你呢，甭搭理王八蛋。

大拿也是让他给杠急了，拦都拦不住，蹦着高说你可以谁都瞧不上，全世界就你最了不起。但是我要送你一首歌，是我小时候我妈妈哄我睡不着唱的，摇篮曲，《不够歌》……

我们说您就别唱了，您怎么也成杠头了？

不介，非唱，嗓子出来就是劈的：只爱自己是不够的，只爱自己人是不够的，只爱人类是不够的，只爱生命是不够的，只爱世界嘶嘶……最后音道彻底撕了。

醒药仰脖抱拳说：上帝阿！愿我世界无闻女人及其声音。

我们一帮女的说：去死！上去拧他。

黎叔说合着是你们动的手？

宵明说我自我检举，我蹬了坏逼一脚。大拿找水喝去了，回来坏逼已经是茄子色儿，抱肩扭腰喊哎哟哟杀人啦。大拿已就发不出话，捧着水碗抖腿默喜。

36

孟翼之自此下落不明，止于百代之下南武涝出土沤竹得一句话：帝使太子长琴杀翼之于池。此话应是《全夏书》残句，具体是哪一卷，无从考。帝应是颛顼。太子长琴异本作大子长琴，非颛顼帝储，有旧籍指为老童之子或其部属小子所认干儿子，疑似大个子，当时也没太子这个职称。池，低于地平线，爰有积液。无确指。有后世旅行家托古之作记曰：大荒西，皆日月所入之山。有山名玄丹之山，有五色鸟，人面有发（疑似鹦鹉）……有池，名孟翼之攻颛顼之池。也就是说此人经停此山时当地还流传孟翼之挑战颛顼发生恶斗故事，有景点。

有证据显示该旅行家是东北人，从辽河一带出发，应该是面向西行，故所见之山皆日月所入，范围大似西山一带。玄丹，黑透闪石或煤矸石。今西山诸峰三要素兼备：小煤窑、鹦鹉、山泉潴留。可说没有。主要是没鹦鹉。门头沟有煤，海坨峰有热泉，旅行家从门头沟拣了煤，到海坨洗了手，沿途或见野雉惊飞于丛也是有的。

李鼻老雄文《绝地天通——史上第一次百家争鸣》、伯益老雄文《女魃之死——古北极端天候引发的惨案》、卫绾老与伯益老合编史上最强上古佚文杂说巨献《那什么》均记：

时，会上各组龃龉不断，口舌相侵，代表之间互别苗头，为反对而反对，激变至蹄脚并上，齿爪相加。三老（夒㞢、颛顼、山戩）不能禁，遂仓皇宣布散会。代表各归本山，亦将不睦歧分种子携归本宗本杆子，致各山头继发内讧、火并。各派重新划割信民，肃正门庭，秘祷本门上帝，降祸异教。颇有生剞活人献牺牲，燎人烟天，尸臭十里骨灰如雪事。老三部蚩尤大君、黄帝、炎帝亲口诅誓缔结同盟关系不能维持，和平局面亦不复得，天下大乱（此天下指西迄泥河湾、南至灵山、北望军都太行诸峰、东达津塘湾狭方地带）。颛顼避往百泉旧营，入温泉沟，秘密召集军队。

再什么雄文巨献，提多少耆宿名家，口径这么一致也兹能证明来料同一，与前述大整顿案卷宗同出自南武涝溲坑。

卷宗记载：黎叔命将宵明还押，径去食堂吃饭。食堂午饭开过了，炊事员正将各座火锅余味折箩，见黎叔背手独来，说正好，颛顼老师也才吃，你与他一个锅子。黎叔就近至杏树撅了两根树杈，蹲到颛顼旁边，说你怎么也才吃。颛项说哎呀，布置清乡，甄别俘虏，重点人都要亲自看，很多原来炎帝部的人都叫他们一股脑抓了来，忙了一上午也没忙完。

黎叔说正好有个人问你，原来炎帝勤务组有个叫孟翼之的你熟不熟？颛顼说知道。黎叔说听说你是最后一个见过此人的。颛顼说是不是最后一个不知道，见确实见了，在温泉沟。这个人惹了不少乱子，到哪里都混不下去，跑来见我，什么意图搞不清，初以为是找我安排一下，说说发觉不像，脑子完全是乱的，基本状况不在线。当时已经开始乱打乱杀，大家各自抓武装，有办法的人都往远跑。老童去找你们，大概还在路上，你们回不来，我这里只有淑士、大子长琴、三面、罐头几个人，周围情况也很乱，南军溃兵爬得哪个山头都是，夜里下来杀人越货，一夕三惊，我睡觉都要枕把斧子。这位老兄可好，见面跟我谈宇宙秩序，丛林法则。谈神的有限性，道德究竟属神圣秩序还是仅止于利益瓜分。我不客气批评了他，告诉他，你的观念很完整，但我不喜欢，看不到希望，当你把一切神圣东西都抽掉，在我看就出现一个巨大空缺，需要一个同样巨大东西填充，我不知叫什么，应该是巨大的善。没有这个，任何世界不值得存在。同时我也警告他，不要太自信！宇宙黑暗，今日诸上帝所传无外相对可见世界作筏。我看贵道门对此问题估计也不足，什么时空内见时空外见，岛内情况没有完全搞清，就吹。求知无止境是对的，但要警惕不要入魔，魔有不可知、不可思议大力量，求神问道问出魔来还真不是善良愿望所能左右，找谁都没用！因果流转也好，有信常住也好，什么识境统统失效，万古或真刹那断灭。

黎叔说孩子听进去了？颛顼说不知道听进去没有，态度还好，说我其实清醒得很，保证不搞邪教。说着说着又不对了。我说你这个头发是不是也该梳一梳，多少天没有洗澡了？这么大味儿走林子不安全，招大动物。孩子说我觉得最光荣的死法就是被动物吃了，我们欠动物多少回死阿！老师你也应该少洗脸，我们叫不动因果，不要因你导致环境变化。最讲卫生的人换个角度——从自然的角度看，其实是最不讲卫生、最恶心内位，干净的河水都让他给弄脏了。其实我们与河中每一滴水、地上每一颗土坷垃、石头籽儿都是平等的。

我说听说你在搞万物平等，看来有进展。孩子说你不觉得么，今天我们是人，可以随便踢土坷垃，扔石头籽，拿水洗脚，好像高万物一等，明天我们就是土坷垃石头籽洗脚水，就是万物，有什么理由不从现在就开始互相敬重呢？

我说觉得了，道理很充分，尊重每一滴水，少添麻烦。

孩子说要从心里真的尊重。我说尊重，你怎么样，要不要在我这里吃个便饭，也没有什么可以招待的，我们都在等，罐头昨天进山找饭，今天还没回来。孩子说不等了，我就随便路边摘点什么揪点什么对付对付就行了。我说欢迎你常来，和你聊天很有趣，你是今天这个乱世一股清流，保重身体。

黎叔说完了这就？颛顼说完了，还要怎样？天都快黑了，他也不住这儿，我就让小琴给他送出去了。黎叔说小琴？

颛顼说就是长琴，你见过，个很高，我们都叫他小琴，从小看他长大的。哦，你也听说了，有人传小琴把他吃了。

黎叔说吃了？这我还真没听说，只说人从你们这儿出去就不见了，失踪了。颛顼说内个谣言很恶毒，说我们吃人，来温泉沟的人只见进来不见出去。妈的！我都不想解释，我们是很困难刚进温泉沟，很饿，吃了上顿没下顿，但是吃人，无稽之谈嘛。黎叔说有没有可能……颛顼说没可能！吃人肉嘴是腥的，狼窝味儿，狗都会冲这人叫，咱们都吃过，小琴背着我吃人我能闻出来。他只是送走了这个孟翼之，至于是不是路上叫人截了，叫动物拖走了，我要吃了我会承认！

信史《全夏书补》（这里这个"补"指的是虽同出南武涝但与伯益不同源乃卫子所遗李耳亲笔所谓卫氏壁中书旧藏。业内叫"老窑"，以区别新旧。本子经卫绾老对勘誊出，因《那什么》名声太坏，恐伯益老索取，一直秘而不宣，只给李鼻老看过枝节。后结为《全夏书补》，还是不给伯益看，只偷摸给我送来一册，嘱我匿读，不要声张。此次刊出即是这个本子，其中案注皆属卫老，不特注明，刘彻案。）记曰：

时，天下甫乱，人神杂糅，烝享无度，民渎诅盟，无有严威。延及于士卒，罔不寇贼，鸱义奸宄，夺攘矫虔，上下弗用命。檓垔不能禁，惟作五虐之刑曰法，爰始淫为劓刵椓黥遰，越兹五刑并制，杀戮无辜，罔差有辞。炎黄部旧人亦被祸及，虐威庶戮，方上告于颛顼。帝哀矜庶戮之无辜，乃避往百泉，秘召重黎军，报虐以威，遏绝苗部，无世在下。

此为绝地天通事件最早最正式文本。周人所作《吕刑》《国语》所涉章句盖由此出，然多谬混乃生歧解令人遗憾。

大意是当时社会开始动荡，人们无节制请神降神，乃有群神咸至，药去神不去，寄托附体妄言人事（亦可能是寄主精神分裂）频出，亦不乏自命为神者，致部族首领权威受到藐视，人民不尊重部族间缔结盟约现象屡有发生。这股风气影响到部队，当兵的都变得像土匪一样胡作非为，联手作乱，强取诈夺，上上下下都不听命令。南军大首领檓垔不能禁止，只得作酷虐的五刑代替法律（也是乱世用重典思想滥觞）。执行过程又加了码，于是削鼻尖变成割鼻子，去半月板变成砍断双脚，夹碎睾丸变成连嘚儿一齐剁了，剃发纹额变成满脸纹饕餮，斫刑——拿石头砸死变成凌迟。有时五刑一起上，也不管你有罪无罪，也不听解释，受刑人最后面目全非，委尸于地像座肉墩。炎黄部一些退伍老兵，老实芭蕉，也被牵连进去，受了刑，缺了鼻子少了嘚儿，流血不止伤口感染死了也就死了，活下来的就拖着残缺身体向老长官颛顼告状。颛顼非常同情这些旧部属无辜受害，此时颛顼手下也无兵，止几个贴身卫士，当时气氛恐怖亦使他处于不能说话不敢说话境地，于是趁一天天儿好，佯作去修水洗沐，什么也没拿，空着手，下了水，一猛子扎到涿鹿。还不放心，恐夔戛圛闻讯追赶，复入灅水，二猛子扎到百泉，才湿淋淋水漉漉甩着蛋子上岸。上岸即嘱老童连夜走，去坝上找部队。

老童拣直向北，穿熊瞎子沟，出虎碗口，经东猴顶、大六八岔子山，在大滩草原遇到正顶风放羊的黎叔。黎叔黑了，脑门油亮，眯着眼，长发飞扬像炸开的墩布，扭脸全糊脸上像戴着头套。老童认不出他，以为是条草原汉子，隔着几步摊开双手迟疑地围着他走柳，说赛怒？呕咦日的赛那白奴？

黎叔也眯觑着瞅他半天，说老童！我，黎叔，什么眼神？

老童还围着他走柳儿，说哎妈呀，你咋变了呢？黎叔说你咋老围着我转捏？老童说我不知哪旮是你脸阿，看着都跟后脑勺似的。黎叔两手把头发扒开，说这儿，这儿是脸。老童说还真是你，快！快给我点奶喝。一头栽地上昏死过去。

老童醒来，几只羊腾地散开，脸上都是哈喇子，像被腌过，火辣辣疼，一舔自个，咸的。老童说你都对我干了什么？

黎叔正把一只不乐意母羊生拉硬拽揪过来，逼羊站呢儿，说我把宝贵的盐抹在你脸上，让羊舔，我们在草原上抢救不明原因昏倒客人都这么干。老童说奶呢？为什么我觉得更渴了？黎叔说刻下。拿俩大粗指头捏紧羊奶头瞄准老童滋过去。

老童张嘴接奶把事讲了。黎叔说是这样啊。老童说部队还在么？黎叔说在——在放羊。老童看着辽阔、空无一人大草原，说你们怎么联系？黎叔说山和山碰不到一起，羊和羊总能碰到一起。老童说我想向黄帝当面汇报，你能告我他在哪儿么？黎叔说可能在天边，可能在眼前，可能明儿就撞上，可能一辈子再也见不着。老童说那我能再喝一口奶么？黎叔说能，但你要自己挤。黎叔抖着手腕子说我这手指头太酸了。

老童说羊会踢我么？黎叔说会踩你脸。老童说你会为我杀只羊么，我饿了。黎叔说不能，因为我和这些羊都有了感情而且我吃！顶！着！了！

白海子不闻着腥不知是一片水。月色下只见簇簇件件白色的翎和闪亮的喙。飞禽落满海子，云云亭亭，挤挤挨挨，趾蹼都蹬到岸上。羊就在浮鹅游鸭翅翼下凑合着伸脖子喝水。

老童在海子边见到重叔，也赶着几只羊，紧张望向黑处一对绿眼，说这只狼跟他一天了，现在又叫来几只狼，不知憋什么坏呢。狼也挤到水边伸舌舔水，忽俄一只天鹅立起，大大扑翅,狼溅一身水,瑟缩撒步。草原居民——驼驴牛鹿亚洲狮亚洲猎豹(今已灭种)都到岸边饮水,暗处如入大群感冒上呼吸道不畅患者,充耳尽是醒鼻子清嗓子呼哧带喘。

黎叔跟周围动物托付:各位哺乳纲兽类同事,上天所爱,拜托,有见到兄弟这样两脚兽,在其他群,放个羊没着没落的,说我找他,让他到海子来,日后相遇必不加害先撒为敬。

老童说管用么?重叔说管用,试几次了,话都带到了。也是到草原真没人说话才知道动物听得懂人话,要不怎么都恨咱们呢。养过牲口小猫小狗的都知道,不理你是不爱理你装听不懂。人在动物界名声坏呀,本来也是出自草原,最初大家都能交流,用同一种语言,后来人搞大了,狂了,发展出自己语言,不跟动物聊了,这种古老语言就失传了。回到草原,一个人扔在这旮儿,这种语言能力就自动恢复了。

老童说是一头野驴跑过来跟你说闷儿,人,你哥儿们找你……么?重叔说一听你就是刚从人群来,笨蛋!当然是身体语言了。一群野驴正在奔跑,突然冲你来了,到跟前突然又转向了;一只狮子正要扑角鹿,忽然看见你,盯你半天,这都说明什么呀?老童说看见人了呗。重叔说你要这么想,那你什么信息也接收不到,你就得憋死。草原大阿!牧人苦阿!长日无聊,独与白云同游,就盼着有点事,没的都往有的想,眼熟是吧?噢,我是它今天看到第二个人,我朋友在附近，我朋友想我了，——我也想他了。老童说还是靠想？

重叔说不聊了，给你单钵儿搁草原仨月你就领会了。

老童说但是太复杂的聊不了，只能是简单的，吃了么？今天好？怎不理人阿？答不答应都无所谓的，要商量点事，谁谁又说你了，跟谁在哪儿说的，谁又添了把柴火，不行？

重叔说我现在真受不了人，就够了！不需要那么复杂。

旁边一守着群羊的沉默汉子，刚才重叔问候他摇头似听不懂夏言，此时绷不住一乐，说我是新四师的，但是已经不干了，不用靠兽类传话，告你们一消息，明天日出，舟毛毛娶媳妇，你们归拢人可以上呢儿去找，还在的应该都会到。

37

重黎带领三个营老兵外加一营戎兵星夜赶到温泉沟与颛顼会合。戎兵头儿即是苗龙,说起来也不是外人,当年公孙部出大马群山向西发展,与世居大草滩苗龙所在戎部盟于白海子。当时该部还是女主当家,少年公孙依草原礼于盟誓当夜入女主帐幕。苗龙是下一辈人,故对黄帝行父执之礼,见面双手加额,称阿乌,戎语父亲的意思。苗龙比黄帝没小几岁,也是老爷子了,听说口内(这个口指虎碗口,海坨出军都隘口)吃人了,吃的还是黄帝阿乌的人,遂兴义兵同来。

颛顼亲切接见老战士,不少人是老二师的兵,还叫得上名,尽管分别只二三月,形势发生了这么大变化,大家都有点激动。颛顼讲了最近情况,讲到一些大家熟悉战友身上发生的令人发指事,还流下眼泪。战士情绪用部队惯语讲"嗷嗷叫"。之后点名,依老兵们手中家伙重新编队,还保有武器殳戈弓斧一营，抛石器一营，放羊鞭一营。戎人已经开始驯养驴马，主要是驴——套驴杆一营。

之后召开作战会议，确定首战目标和攻击顺序。集中全部力量四个营，先打泥河湾，争取一战打掉四大杆子实力最强之蚩尤——如今叫鬾亙集团。再回头解决柳河川之型天集团。肃清河右之后分兵打小长梁，解决阿乡杆子。登北氏目前无聚居地，人员呈游躅态，分散在灅水两岸高山密林至津塘湾出海口广大地带为匪，可待三大杆子解决后，逐山剿灭。

会上决定，褫夺鬾亙大君尊号，今后不再称九黎国，亦不再承认南军旧有番号及各部自封名位爵称。此次随蚩尤北来者，无论尊卑良贱，一概称苗民。

会上还决定：敢犯我军兵锋者，死。曾参与残害我部人员，致死致残，无论主从，死。参与人牲祭、燎人诸恶祀，无论主从，死。无分缘究，无分生取死取，吃人者，死。无分愚众推举、邪神附体、精神错乱，自命为帝、神者，死。

会上还决定：即刻起，在泥河湾、柳河川、小长梁、灅水桑干修水三河东西延长线及未来我军可能到达地区实行紧急状态。废止本命令颁布前上述地区旧有一切法令、村规及约定俗成，实行军法管治。停止上述地区一切公私祭祀、夜场及三人以上聚会活动（含吃饭）。取缔上述地区内一切主流非主流教派、道门、社团及辩经小组。勒令各教各宗派、会道门扛坝子、瓦酥米、点传师指定时间指定地点向本军报到,听候处置。本命令为临时禁令,何时解除俟日后通告。

会上还决定:对㮇厔、型天、妈大拿等各杆子、各教门头面人物重点追捕,务使其尽快到案。一般情况,未发生激烈反抗,不宜就地处决。到案后,生活上予以一定优待。

一般苗民,未实行积极抵抗,主动向我请降者,准予投降,就地收容,集中圈禁。俟甄别查实确无血债、无民愤者,可予释放,令归本土,不得滞留北境。可考虑集中递解。

会上还研究了可能牵涉炎部人员处理情况。未组织邪教,无有昭彰恶行且对我军行动予以协助积极配合者,仍视为友方,不得歧视侮辱,以我部人员待遇优待之。愿参加我军者,可视具体人具体情况由营一级长官决否。有前述犯行,除罪大恶极人人皆曰可杀者(一般以不公开处决为宜),余皆降罪一等。有认罪悔罪情形,皆予宽大,依本人意愿去留。

颛顼在会上讲,还是要慎杀、少杀。杀人,情势不得已之最后手段,是动人因果的事,果报在自身。各人自有天命,当绝之人有一万条理由叫他死而无一条理由叫他活。各位仔细,得饶人处且饶人,就是顺天承命了。另外特别恩准戎兵抄掠三日,子女玉帛归戎部,陶石粮肉及其它……其它也没什么值得留意的了。

会上还研究了部队行进路线。为达成突然性,决定还是走春天二帝转进涿鹿路线，即三海坨、松山、长安岭、茨儿山、水口山至妫水右岸山间小路。安排了行军顺序，黎叔带一营走在前面，黎叔走过这条路，路况有认知。颛顼带二营，重叔带三营紧随其后。苗龙殿后。估计要走两天，部队从草原过来带有奶酪干肉，省着点可坚持到战役发起。之后部队就扎巴扎巴杀紧皮袄绑牢套靴扛着鞭杆出发了。

战役——正史无一字交代。也许有，亡佚了。《全夏书补》接着讲的是战后各种措施：乃命南正重司天以属神，命火正黎司地以属民。使复旧常，无相侵渎，人神不扰，各得其序。

南正，署理南方事务衙门总办。当时主要任务是清理南方各教团及枝蔓邪教，取缔降神，对存量巫觋进行全面摸排，有称神称帝犯行者，该杀的杀，该关的关，故曰属神司天。

火正，总办涉军事务。对目标区实行军管，绥靖地面，维持治安，处理战场缴获及各杆子被俘、自首人员监管审讯甄别事宜。因杆子不被承认为正式军事组织，其被俘人员一律不以战斗人员对待，即无战俘身份，故曰属民司地。

两件事在当时就是一件事，故二衙门对外挂一块牌子：战地临时军事法庭。二总办亦合署办公，一个主持审判，一个出庭支持公诉。

民间还是有传说，对战斗过程。老百姓从来也是历史注脚。如刑天舞干戚（型天拒捕死，依例污名化，贬斥为"刑"）。又：蚩尤力战被缚，体不能伸，臂不能展，不屈触石死。这里的蚩尤应为獉狉，老百姓不认识，只知是南蛮最大的官。被缚应是亲眼所见，符合被套杆套住，越挣巴越紧。此次平蛮，套杆营出力最大，据说跟套驴似的，不管蛮子是冲还是跑，杆子一抢，套脖领子肩上，然后就跟着跑，任他挣巴，嘴里喊着吁吁，最后皮索勒进肉里，自己蹲地上，揪着耳朵提回来——很多人套住脖根，当刻即遭勒毙。据说耳师当年曾访修水村耆野老，遗有笔谈数则，讲泥河湾之战，不知无心疏漏还是拟觉不可信，继笔卫子只字未载入涿绝卷。卫绾老作《全夏书补》，亦不采信，态度很奇怪，说不能信。我说怎么叫不能信哪？卫老说要不您给断断，下次，我把东西带来。

我说我瞅瞅，能没边到哪儿去，神话都信了。下次，卫老来了，我看了，说还行阿。卫老说昂，您觉得这能叫行？

一下把我也说虚了。当时马迁也在座，我把文稿递给马迁，说迁儿，你不正修五帝纪呢么，他不用，你用，多好哇，从来没人用过。马迁似笑非笑，说不采不雅驯。

据老百姓讲，黄帝（这里指颛顼）一伙，蚩尤一伙，就站泥河湾内河滩地上，开头还说话，说着说着都扔下兵器，以为好了，结果一个抱一个摔跤，滚得哪儿哪儿都是。黄帝单薄，弄不过蚩尤，叫蚩尤几个得合勒扔一溜跟头，起来又趴下，脸都磕青了，满头包，跟菜花似的，看着就不灵了。

　　黄帝这帮人就跑，蚩尤内帮人就追。黄帝已经让人摁呢儿裙袄都扒了，这时东边过来一帮戎戎，手里都端着套杆，嚼这家伙，厉害！跟赶牲口似的，嘴里喊着哟喝喝，东一杆，西一杆，跟套小鸡子似的，就嫩么一眨眼，蛮子全擩地上。尤其是内软套，皮绳接的，挽儿圈在手里，抛出去一根直线，蛮子快的，已经跑出十步开外，这头甩钩似的呢么一甩，立马钓回来——准！都不用你手上使劲，蛮子主动朝你跑。姆村老人亲眼得见有把脖子勒断的，脑瓜子在地上骨碌碌滚，身子两腿还往这边跑呢。说是触石而死蚩尤，哪儿阿！河滩上鹅卵最大也不过拳头嫩么大，抡圆了揳人也得几下才趴下，拿头撞，顶多一大包。那是被套住了，往回收杆儿，人在石头棱儿上一溜连剐带蹭，就是棵木头檩子也剐花了，蚩尤满身血，裙袄半道全撕成绺儿，秃噜净了，光着，蹲呢儿，翻着白眼瞧人。姆村老人都去看了，回来说这人活不了，肩膀肋叉子都见骨了。那年月，没医没药的，凡见骨，十个十二个活不了。蚩尤后来又活三天。姆们这一带乡亲天天上河滩瞧他，见他可怜，还给他舀水喝。头两天还能喝水，说谢谢。后来水也不能进了，蹲也蹲不住，只能躺着，都长蛆了腰上，那味儿！苍蝇全奔他呢儿落，轰都轰不开。三天头上，黄帝来了，黄帝人不错，蹲跟前跟他说话，还给他拣蛆。把姆们都轰开，远远站着不让听。俩人说什么知不道，就见黄帝在呢儿吧嗒吧嗒掉泪，再三点头。最后黄帝合上蚩尤眼皮，把自个身上虎皮袄褪下来盖蚩尤脸上。要不说人家是哥儿们呢。

事实上，临时军事法庭正式下达的死刑判决也就二人（再次声明法庭卷宗不全，若有新发现，可随时更正此说）：

禺强，罪名：自命阴间之神玄冥。判决：斫立决（石刑）。此人虽归附阿乡杆子，出身灵山西砬子沟山老掌东沟，北人。

句芒，罪名：自命春神，继而妄称东方青帝。判决：斫立决。此人本是大马群山流民，北人。

检索临时军事法庭判词，可以发现一些民间传说已亡之人尚在判决中。如刑天，一份判决显示，此人获流刑，流放地：东灵山十八盘岭辛岔村（异本作常羊之山）。有不同代古籍显示，三代以下十八盘岭犹有刑天冢，可证死葬于此。

梗屋集团大将夏耕，民间传说为颛顼所斫，死而不倒，无首，操戈盾立，到处乱走（民间传说想象力也有限）。判决显示，此人亦获判流刑，放滛水北尖草顶（异本作金门之山）。同案一起流放还有一个叫黄姫的，史上无名，据查乃孟翼之团伙收容南方流民。两个人在当地干的不错，有乡望，死后均晋格山神。山民并立小庙为祀，一曰黄姫之尸；一曰夏耕之尸。尸向有二解：一曰庙祭神主牌；一曰活死人。夏耕黄姫，南人也，黑且骨骼清奇，又遭此巨变，没死也脱层皮，妇孺良民月黑风高乍逢于山林，惊为鬼魅也是有的。

大批的判决是流放，也不限于南人，也有不少原炎部人员，如孟翼之团队成员奢比、据比，一个放于修水北烂石山（异本作凶犁土丘）；一个放于桑干南五鹰洼。都在当地留有小庙。有后世旅行家曾探访据比庙，据说庙中塑有据比像，折颈披发，缺一手。可能是泥胎风化可能当年争斗负伤致残。

还有一些罪轻免于起诉交由当地严管的。如左吴回，令去大片尖顶子杏树茬沟监视居住。异本作盖山之国。又曰国皆一臂民。这就不是遗传现象了，大可能是署理南方事务衙门和涉军事务衙门两家合手对伤残病俘进行了集中安置。

调阅全案卷宗，发现安置伤残人员地点不止杏树茬沟一处。奭垕集团大将贰负之臣危，就是内个杀害全地表唯一淡水儒艮窫窳的家伙，激烈反抗我军，论罪当死，判斩监候。考虑到当时死人太多，尸体得不到及时掩埋，冀地哀歌唱"刑发闻惟腥兮秋桂罔有馨香（空气中只有死人臭味儿，连秋天桂花都不香了）"，担心引起新的瘟疫，就将其临时羁押在杏树茬沟东十里八伯山（异本作疏属之山），反缚两手与发，桎其右足，系之山上木——绑在山中一棵树下，准备入冬没味儿了再执行，或直接喂了动物也行。——距此山南四里，有条沟叫蚂蝗沟，异本也称一臂国，民皆一目一手，不

397

但独臂还是独眼龙，身纹黄马虎，又曰有文字，曰黄马虎文。象形文作纹身，应该是很古老域外蛮俗，可以考虑登北氏。

又有三苗国，在赤水东。这个确实不知是哪儿了，只知泥河湾东二里，有个胸外伤集中营（异本作贯胸国在其东，其为人胸有窍）。

修水北安固里淖南岸（异本作北海之内）有个更大的集中营，关押的都是趁乱打砸抢现行犯，所谓反缚盗贼，带戈常倍之佐——有带戈军士严加看守。各曰相顾之尸——犯人都说咱们真是只能大眼瞪小眼的活死人。

法庭文件显示，亦有无罪释放者。原炎部离散人员张宏，经查，符合五项决定之五：未组织邪教，无有昭彰恶行且对我军行动予以协助积极配合。故判决当庭释放。此人后来去海上捕鱼为生，听说在一个小岛上组建了家庭，子孙繁衍，俨然成国。

另有王子夜，因伤太重，两手、两股、胸、首、齿皆断，免于起诉，当庭释放。

妈大拿宵明及南社、至善道众千岁法庭无有判决记录。查南方事务衙门有向涉军事务衙门递送公文抗议"未经审决迳解女犯"事。涉军衙门回文称"管不了"。卫老研判，此事恐与戎戎有关，温泉会议有决议：子女玉帛归戎戎。可能都叫苗龙领草原去了。

唉内喂，死没死人？死了。是不是自上而下对某一族群系统实施灭绝？不是事实。后人产生误解，全在一个字，文件写的是"遏绝苗部，无世在下"，是针对组织，铲除组织的意思。尚书蹿为"苗民"，成了针对人，致错会曲见远播。

38

《全夏书补》记，大整顿后，冀地不复闻巫鼓骇曲，歌舞通宵亦在禁绝之列。军管期间一度规定，夜半不得举火，人民煮肉所生火堆最晚只能燃至日夕即酉时刻尽，过时则有纠察队提桶前来泼水浇灭。时天已大凉，地寒上升，不生火则难以安卧，夜深辄见全家披袄溜达牙关嗫嗫抱娃跑步者，此禁方才稍弛。柳河川、泥河湾几个大的南人社区，连片寮棚、干栏脚楼、神庙皆遭纵火捣毁，人不知去向，白日可见野狗狞立啮尸蹲行断苇乱柴间。部队尤在渡口设卡盘查搜捕漏网巫觋，逢人欲渡便令说朝阳门。一时澶水两岸闻南音色变，时有口齿不清舌头捋不直不能发儿化音者遭扭送南方衙门。

时，在押案犯全部审结，临时军事法庭宣告闭庭。河右蛮部已完全肃清，紧急状态、军管亦告同日解除。两大衙门撤销。恢复一般人民随地生火、探亲访友请客吃饭和平团聚权利。烝享祭祀、厌劾妖祥、占卜打卦、摸骨算命等涉巫事不在开禁之列。有人去新成立署理民政事务衙门打听，说我就是赶鬼，家里小孩魂儿丢了喊魂——成不成阿？民政衙门人说目前不行，什么时候行，你问我我也不知道，等通知。

颛顼遂过河左，在矾山之脚三豹村（因此地曾一次猎杀三只豹子得名）召开座谈会，主要谈今后巫的发展和面向，史称"二大"。因来的都是部队巫（见18节首次出土巫代会名册），民间又称"军巫会"。颛顼在会上首先提议为此次清巫行动死难者默哀。颛顼讲，活的不见得是好人，死的不见得是坏人。此次行动很多死者我们都熟悉，在巫这个事业里是同事，也是朋友，互相很了解。棘扈老师，大家都知道我和他的关系，我视他为兄长，就个人品质——为人来说，我看要超过我们在座多数人，至少比我强，友好、诚恳。刑天先生，勇敢、刚强。妈大拿女士，博闻多学。孟翼之，哎，我也很喜欢他，聪明、执着。这些优秀的人，好人，令我们钦佩的人，没有死于意外，死于突如其来的天灾，而是死于我们这些自称是他们朋友的同事手里，同类相残，悲剧阿！为什么？为什么我们要和这些好人、我们曾经的同事做坚决不留情的斗争？因为他们过界了，他们滥用了他们的才华和权限。与神交通，是殊胜荣耀的使命，是神特别给予的恩典。是能力，别人两只眼，你三只眼。别人只有一个世界，你两个世界。也是责任，别人在黑暗中，你手里捧着火，既可以照亮别人，温暖生活，也可以到处放野火，不但自己头脑发热，还要别人跟你一起发烧，毁掉自己也毁掉别人。我们的朋友不幸走了后一条路。相信那不是他们本意，初衷纯然出乎美善，要众人得真理。那都不重要，我们是动机效果一致论者，酿成后果就要对后果负责。教训阿！求真得伪，求知得妄，求善造大恶。这几样做到了，你那些好、优秀、诚恳、聪明都可以一笔勾销了。请在座各位想想，你们比前面提到的几位老师，认知上、能力上可与比肩呢还是不及？真做到那个位子，有那样的影响力，能不能做的比他们更好？

底下嗡一片交头接耳。

颛顼说也不要讨论了，我看你们连人家一个小手指头也比不上——小琴你在说什么？

大子长琴说服气。我们都是小巫，爱好者，哪里比得了人家？在部队也就是切个草药，捣捣鬼，给伤员胡念几句咒，鼓励他靠自己好起来，连驱邪都不敢随便搞，生怕生出妄诞，影响部队稳定。与神交通我们岂止是不敢，压根儿不会。

部队巫一片笑声，纷纷说：也没人教过呀。

颛顼说不会最好，省得犯错误。巫术，广众还是有需要，没有不行，太多、太泛、到处都搞也不行。所以本人决定，从今日起划一条杠，巫，就限于你们内个水平，不要再高了。

底下叫起来：我们这水平，档次也太低了点吧。

颛顼说首先本着一条，无害。其次再说是否有益……

重叔喊底下不要开小会，听讲！

颛顼说小巫也不要看不起自己，在座各位虽然只懂皮毛末技，就巫界现存状况看，也是聊胜于无，也是精英了。从这点讲，我们都是幸存者。将来巫团再建，巫统传续，法术重光，还要靠你们。你们要到下面去，进老百姓家里去，老百姓总是要祭这个拜那个，老是不许人家搞也不现实，要教他们正确的祭祀方法——你们也不会？不会没关系，可以搞一个学习班，教你们一些速成简易的祭法，跟吃饭摆桌差不多，态度恭敬些，动作放大些，立正左右转交代得清楚些，这个都是平时部队也这么要求的，你们这些当过兵的还用学么？主要是规矩，也叫规格。祭鬼、祭贤可以，祭山川鸟兽树精花妖都可以，就是不可以祭天，不得祭上神，那跟你们没关系嘛！徒生自闭嘛！人阿，就怕错认自己，把自己不当自己，当烂漆疤糟。兵与匪，民与贼，只差一个字的距离。

中輶说嗐，管那么多，就把部队精神带过去，跟老百姓讲，不管你祭谁，你以为谁在保佑你，对你，就一个要求：服从。

颛顼说哎，这个事不能这么不讲究。道理是这么个道理，话不能这么说。你讲的很对，服从，是军人美德。没有这两个字，人再多，武器再好，也不能叫部队。你过去是二师的吧，在座还有几个是二师的？

底下忽啦啦站起七八个人。

颛顼说请你们一齐回答我，我们老二师师训是什么？

几个人说：忠……效。

颛顼说：没听清。

几个人放声喊：忠效！

颛顼感慨地说：忠效，这两个字的本义就是服从。这是二师在寒水刚成立时，黄帝为二师亲自定下来的师魂。二师就凭着这两个字，几次打光了，又组建起来，师魂不灭，作风不减，始终是我夏主力，放到哪里哪里放心。有人问了，天下哪个部队不讲服从？我说错！把服从升华到灵魂，升华到——刚才这位小同志讲的，昂——精神，惟我二师！

重叔说是是，颛顼老师对二师有感情，我们也在二师工作过，都有感情。我看可不可以这样，就把二师精神当作一种，怎么讲，社会精神？公共精神？推广到一般老百姓中间去，以填补清巫行动后人们信仰缺失留下的呃，心灵空白。

黎叔说把老百姓当部队管起来？我们部队管理得好，不光是讲精神，还是有配套手段，还是有纪律，有强制措施。

颛顼说这个么，执行层面未必不可以，拿不出新东西，临时讲一讲，比进了老百姓家讲不出道理，张口钳舌强。当然了，不能像部队对待当兵的那样，做不到打军棍，杀头。重叔，你刚才内个词用得好，心灵空白。这个心灵空白阿，纪律对它效果最小。老百姓鬼得很，傻都是装的，日哄起人来也是没谁了，你靠纪律，强制他向北，他一定向北，心里怎么想就不知道了。还得有更高级的东西，能充塞——这个词不好，——充满他的心灵。用心灵呼唤心灵，叫他往北，他就乐呵呵往北，往南拽也不回头。所以《圣女娟兵法》讲：求其上，得其中；求其中，得其下，其下必败。纪律属于中下，得一时，越搞越松懈。不急，你们回去想，我也回去想，看能不能想出个具有心灵、精神一体感召力的……东西。

黎叔说我们北宗太元不是现成一套体系？还用另想？

颛顼说哦，这个事忘了说了，北宗太元今后还是我们的唯一信仰，大家还可以信，但是祭太元，就不要参加了，不好意思重叔黎叔，也包括你们——什么都不要讲了，二位叔，我已经定了。过去我们祭太元就是太公开，太讲求教内平等，人人有份，什么话都说，什么人都能进，什么神也都敢请，太元来没来不知道，来的净是妖孽，教训不谓不深刻。今后，祭天、祭太元这个事我考虑私密一点，本来神也只跟他喜爱的人讲话，不需要人旁听，只要内个神专门授记的、配听神指示的人，和神两个，静静的，把该说的、该听的工作完成。没有助场，不带观众。所以我把这个人限制在帝级。

黎叔说你考虑得很周到，但是一个端盘子打铃的都不带么，光带耳朵不带嘴的？

颛顼说一个都不带！我也不祭，黄帝在，黄帝祭。黄帝不在，新帝祭。自个洗盘子，自个端盘子，一耳朵不许听。以后咱们北宗太元就一脉单传，一可保教门清净，二可保教义纯正——帝说什么是什么，实际上也不用跟任何人说了，自己知道就行了。两个人就要打架，三个人就是一锅粥。

黎叔说也就是说不带所有人玩了？

颛顼说在大家管不住自己，还想借着与神交通捞取好处，神这个东西还跟权力有关——当下，不带！

《全夏书补》记，座谈还持续了几天，琐碎事，其他人的发言就不收了，止收录颛顼随后两篇讲话，传者以为重要。

一、还是讲服从：我回去想了想，又和重叔黎叔碰了碰，觉得关于二师的经验没讲透，理解不深，有必要再总结，也许我们需要的内个对心灵、思想产生感召的东西就在里面。我在这里抛土坯引玉璧，讲得到不到，请大家批评、补充。我的思路大致是这样的，服从这个东西到底是我们军队一家讲，还是个普遍需要？是德性，还是天性？属不属于天理？不错！忠效两个字是黄帝首先提出来的，发明权归不归他呢？我们看事实，一个老百姓、一个流民，有很多臭毛病，自由散漫惯了的人，到部队当兵，他是不晓得忠效两个字怎么写，但是一入伍，就知道服从他的伍长、什长、营队等以上长官，老兵叫他倒洗脚水他也得去。是，他会有很多怨言，很多跟不上，要经过呵斥、训诫乃至打骂，就会越来越好，越来越像个兵。他这个服从性从哪里来的？一个老百姓在家，一个流民在社会上，是不是已经学会了服从？服从家长，服从强者——内个态度虽然粗暴教他懂规矩实际对他混下去有助益的人。这是不是就能证明服从是天性？还缺一步，在此之前——极而言之，当他刚生下来，还是个卑鄙，他是不需要服从谁的，他可以无法无天，不懂事嘛！绝对无知嘛！但是，服从是不是就不存在呢？不是的。他还要服从自己的饥渴冷暖，少吃一口就要闹么，看似是个不服从例子，实际是服从更基本生理需求，还是有服从。他一闹妈就要给奶，不是服从么？只是服从对象掉了个个儿，大的服从小的。服从无处不在！之后、成年长大后难道不需要服从么？说什么天性桀骜，你跑去野外一个人生活，饿了不吃东西么？天冷，下雪，是不是要钻个洞，生个火？还是要服从自然规律，叫顺应也行，一个意思。不服从结果只有一个：立即灭亡！与进入人群守规矩，有何两样？忠，就是顺应一切自然、非自然叫规律、规定都成的东西，定下来就要照办，就要遵守。效，就是自己不会可以看别人，向别人看齐。在黄帝这里强调的是纪律，是荣誉，是精神，抽象出来站在更高处看——也许黄帝本人都没意识到——就是天理哇！天理谁制定的？谁有权制定？——神。所以我们讲服从，不是我要让你这么做，部队要你这样做，黄帝要你这样做，是神，太元，要你这样做。

《全夏书补》记：依鬼神制义。

二、老问题，神的应然：几天前，还没有开展这个清巫行动以前，我和𫖯𠃊在一起，老童在场，老童可以作证明。𫖯𠃊当时问我一个问题，你希望神什么样？当时我没有回答，因为我没有答案，说还要想一想，现在可说有了个粗略框架，可惜𫖯𠃊已经不在了，听不到我的框架——哦对了！还有山戳，怎么把他忘了，山戳去哪里了，怎么没有他的消息？

黎叔说一直在找，各圈禁地、戎戎那里也都去看过，没有。有炎部人员反映，我们进攻泥河湾内晚，山戳和他们在一起，情况很混乱，也不知道什么人打了进来，有谣言，说草原戎戎杀进来，见东西就抢，见人就杀，山戳就跟他们一起跑到山上躲避，后来大家在林子里走散，再没见过他。

颛顼说继续找，必须有下落，活要见人，死要见尸，要有交代。

黎叔说是。

颛顼说必须承认，我不认识神，神从来没跟我讲过话，我跟大家一样，对祂谈不上了解，所谓见证无非传言。只知祂完全不受控，既是创造者又是毁灭者，创造毁灭只在一动念，自己家东西自己砸，第一印象不太好。完全不同意神的行为有不可思议只能诿以奥秘来作诠解。这么说的人实际是辞穷，或者和我一样，根本不认识神。神有什么可遮掩的？神面向任何事物都是完全敞亮、正大光明的。你不得而知，那是你不够格知道，或说正午之阳不得见全貌只因光芒太盛。神是应人所求而显现，你所知永远万不及一，就像古歌所唱：你的美尽人所知，最美却在所知之外。没人可代神宣称：神的全部尽皆在此了。神乐见人求，因人多求而真实。见晗光而期日出曰希望。所以我希望太元，我的神，首先是至纯至善的，如老坑白璧，无有丁点瑕疵。当恶来临不是以更凶恶报之，而是以更高能，可变其质可解其貌犹如酸之于铜，盐卤之于生腥，之手段——化之。我相信祂有此能度，人做不到的祂能做，人不能忍的祂能忍，否则何以为神？仅更嚣张、更狂暴、更受不得一点气么？这点我承认受了至善道启发。

其次，要求人做到的，你也要做到，不要自己定的戒律自己带头违反。平等待一切人，好人和罪人，信你的不信你的。可以有偏好，有你格外喜爱的人，但请克制，不要太露骨，以偏好划线区隔，否则何以言公平？失去公平，义将何往？神！不要以为这是苛求，若你所行如人间一族一姓帝王，而不比他们更宽大，要你何益？又怎能证你是全宇宙之主呢？神！在此我向你呼吁，不要抛下一个人！当你带着你收获你喜爱的人群转身离去，请停一下，听一听身后哭叫，不信你以此为乐，为荣。尽管他们罪有应得。不信残忍是你的本质。

复次，超越历史，超越时空局限。你是真相，你是真理，我们知道的你知道，我们不知道的你都知道。神！若人无知，限于所处世代，说些不符合自然发育、露怯的话，凡借了你口，无论隔多少年，也请修正。否则严重影响对真理的评价。

再来，请重新定义善。现世间善恶标准极大混乱，人人为己、族族逐利竟成天经地义最为称道的善。神！我必须说，你有责任。你的两面性使作恶的人、行凶的人有了口实。余生也晚，余逗留世间也短，余从未见如今日这般丑恶以善名义声张于世，如此公然，如此气壮，皆因夸说是你的精兵。

再来，神！你确曾许诺过更好的世界么？我于种种传言中听闻彼岸奢华更像穷苦人的垂涎而非你当处场域，故严重质疑此说出自你。希望不由谎言织就，现世凄惨从未因慷慨许诺削减半分。当千千万万人怀揣谎言告别此岸——人总是要死的——一脚踏空，我都不知说什么好了。你没有什么要说的么？神！在这个问题上你无权保持沉默，你要出来告诉肉些——主要是信你的人，你的国是否竟如人间，有大城，有果园，有黑牢。人依然竟如生前，有吃喝，有悲喜，有九天之上，有九天之下。有就说有，没有就说没有。有，其实什么样，入其中怎样行在。不要再让这些人瞎传了，就因为你的国被传成泼天富贵，惹动多少好汉起了将你的国落地执念。被你喜爱的人又有多少是奔着消费你而去的呢？

太元，我的神！在你回答这些问题之前，我对你是否存在保持暧昧，既不信有，也不信无。不好意思确实没什么事求你，做不到因生活困难称义。遥祝宇安。微芥颛顼恭上。

重叔说你嘛介是勒索神、逼迫神阿！

颛顼说哦是吗没注意，说着说着就这样了，等着祂劈我。

《全夏书补》记，会上颛顼还安排了国防建设，在南迄矶山，北迄军都、太行诸岭关隘险要处，依山堆石筑起高矗卫台，上伏强弩长弓军士，周遭百步设为军事禁区，立有"卫兵神圣不容侵犯"桩。两卫之内为有熊国核心地区，南人不得居住（所谓"苗民无世在下"，指的就是这一地区）。境内人民行逾关隘，亦不得擅入禁区，违者不经警告即予射杀。或有山野之民不知厉害，追踪走鹿跳兔趋近于此，张弓搭箭转圈瞄瞄，东南西——北！卫台一阵急矢射来，与兔鹿偕亡。

自此北境猎户皆望卫台縠觫。其实也没有单独规定北不能瞄，哪儿都不行！其他方向摸上来突遭冷箭送命者也不少。只是卫台不给解释，老百姓惧而瞎猜，阴传此台常有黄帝英灵驻在，坐北朝南，瞄北依干犯天颜论。故称卫台：轩辕台。

恐惧入骨化作迷信。数世之下，卫台倾圮，弩士不知何处去，人民游猎至此，射天射地尤不敢瞄北。爰有乡俗：凡至轩辕台，射夫不敢北射。这时的不敢射，已转义为敬重。

黎叔于矾山会做最后总结发言，卫绾老挪于《全夏书补》终篇做跋，其跋曰：混芒邃古至咱们大帝轩辕，民神杂糅一向是个麻烦，对宇宙和我们所处世代基本认识造成很大混乱，不管什么人都可以在家请神，巫这个职业多为女子把持，不得要领。人民不能正确理解请神精义，神真请到家又感到惧怕，搞不清是福是祸，故此一请再请，把生产生活用牲畜都杀光吃光。日子过不下去就自命为神，骗吃骗喝，搞得乡下民约通俗统统失效，帝讲的话、颁布的法令也没有权威，说好的事都不办了，自下而上开始胡来。这些招摇撞骗的神棍也很猥琐，吃人家的喝人家的还睡人家老婆——什么玩意！搞得真神生了气，连降洪水大旱，庄稼不能生长，吃的用的都很匮乏，死了那么多人仍不见上天有一点息怒的迹象，所以上天才命令颛顼老师对此乱象进行整顿，这个任务也就落到了我和我哥手里。经过前一段时间的集中整顿，我在这里向大家欣喜地报告：情况得到极大扭转，在我军实际控制三河两山之间（指矾山、军都），天地绝交、民神永隔格局已基本形成。巫一网打尽，神棍一网打尽，都叫我们关到山旮旯里去了。只要我们决心不变，策略不变，把这些人关到死，可以断言，当代——我们这一世听洞观、雕塑见、灵璧照、本心觉等降神功课巫家知识尽皆归密，人民不复与闻，二世之后，即成绝响；三世之后，尽成虚妄。叫他们搞也不敢搞，不会搞，搞即入魔，其次作妖。都不用看那么长远，来之前，我派罐头阿厘去曾经降神跳巫夜场最盛、显灵人次最多泥河湾地区进行入户调查。罐头，你把调查到的情况讲一讲。

罐头说嗯，我们在泥河湾依农、渔、猎、樵、流五类成分，随机各取五户进行了神学知识问答，并随户进行三同一日游，通过深入民众生活摸查巫术影响及一般人民对巫术认知。五类分子中流民一般不开伙，日用饮食全靠诈取巧夺获得，五户皆如此，时有装疯卖傻，乐于显示比别人见识广，表现为信口开河，听说过太元、灵魂、美。太昊也即风靡一时的太阳崇拜今时只在民口空留一句自勉：人心都是向阳的。是对生活的乐观，这个我们认为还应允其保有。其中一主儿主动向调查组表示自己会巫术，能隔空取物，调查组许以鸡腿即当场表演隔麻袋取核桃和隔阿厘袄取羊酪。经调查组判别此为戏法和不折不扣的扒窃。其他各类分子，俱是巨实在之人，生火就是烧饭，唱歌就是调情，跳舞即散荡，祈愿惟一炷香，癫痫就是羊角风。各依所业有不同敬拜对象，农人敬雨神，渔民畏鱼精，猎户祀山神，樵夫拜大树。祭法亦不过摆饭插箸，口称保佑。不过自己填忽自己，求个阖宅平安。

黎叔说去前不过半旬，民复淳朴。我们大可对未来做一乐观估计。鄙人在这里胡诌长歌数句，丑献诸位以博一粲：

大整顿兮海晏河清，神之精爽兮灵不携贰。人神异业兮敬而不渎，齐肃衷正兮民有忠效。神降嘉生兮民以物享，祸灾不至兮求用不匮。

不好意思不懂律韵，献丑献丑。

卫绾案：《全夏书》言尽于此。野史所传颛顼为使太元独享上帝之尊，还曾干预天庭诸神册废，废去大昊日神之位，擅立好朋友揄罔代行日神声威，又荐举祖父伯父外军战斗英雄乃至大整顿处分人员一杆人入天庭为神，至天庭人满，神失其格，争诣人间帝王事。经查，均无实据。大整顿期间颛顼所言并无一字涉天庭神职安排，所为不过禁绝人神私相授受，所愿无非天人两安。前述诸人死后封神皆是民众愚莽所为，天庭不知，本人亦不知，惟民众狎神自娱，也算亲亲尊者。

又：战后关押众巫地点至今成疑，合理推断应在军都太行诸卫台左近。百代之下，有行者过军都，或曰：东望燕羽云蒙（异本作恒山）诸岭，绝谷之内，浃瀑之下，有穷鬼居之，各在一搏——为生存拼命。爰有哀歌：无岸之水，载不动沉冤；无根之脚，登不上绝壁；信不过的神，把我抛弃。

大约是古巫后人吧，到了没走出大山。此行脚者姓聂名壹，世居雁门马邑，自称峙屿人之后，混芒邃古即流浪到此，在黄河两岸讨生活，出则牧，入则猎。黄帝当年北狩河套，还接待过黄帝，送奶送羊。黄帝十三子崩耳封于河套，他家也很配合崩耳工作，带他熟悉这一带环境，特别是适应草原生活，挑最茁实闺女嫁他，生下孩子男的娶，女的嫁，皆不出其宗族，实际是把崩耳之后化在他家了。渐成大部、强部。

商末随武王伐纣，是七十二家西方诸侯之首，楼烦戎。周动员全国只得兵车三百乘，他一家就出了五百乘，把家里驮牧草拉毡幕牛车全卸了套、换马驾辕钉个箱子拉出来。

家里孩子还问为什么呀，咱骑着马去不就完了，干嘛还钉个箱子，这不多余么？老人回答他们这中原蛮，骑不了光背马，只能一边赶车，一边站箱子里射箭，咱们入境随俗哈。

之后参加了孟津誓、牧野誓。战斗开始，姜子牙招募敢死队，百名勇士报名，他家孩子占了七十一，一家伙冲垮了帝辛七十万兵。战后论功封子爵，部改国，称楼烦国。得姓聂。本来武王意思要赐国姓姬，因他本族姓聂脱耳秃孛斤罗，不愿意改，说我还是姓自个的姓吧，就别嫩么老长了，就一个字，行吗？武王说行，不勉强，就跟我这姓送不出去似的。

后为我周世代镇守朔方。有周八百年，边患主要来自西，绝无北。犬戎那时窥伺中原，绕远也从西边走，因为北有老聂。幽王三年，烽火戏诸侯。北路烽火台头一回点，把老聂也戏了。老聂见狼烟紧着收拢牧民，没顾上拴车，就骑着光背马一窝蜂去了。因为道远，到了骊山，笑都没听见，褒姒幽王回宫了。烽火台烟儿也熄了，诸侯的兵也都回家了。农民在田里，忙着把兵车碾烂谷子地翻耕，抢种一茬芋头，见老聂他们一齐拦着不让马过，说我们这儿刚弄好你们又来糟践。老聂说不是，我是友邦，我是楼烦的，不是有事么，我来勤王。农民说没事，有什么事阿，你就是事儿，楼不烦，——你烦。老聂说跟你们这帮农民说不清楚。策马来到镐京城下，问城上：诶诶，城上的，是不是出事了你们？城上说没呀，都挺好，出什么事了？老聂说你是不是官小不知道阿？你赶紧去问问，问你们管事的，出事了！我可听说出事了，要不我为什么来呀？城上说真什么也没发生，我就是管事的，你为什么来问你自己呀。老聂说真的真的，没工夫跟你啰嗦，要不你让我进去，我去见王，就瞧一眼，没事我转身就走。

　　城上说不能让你进，你去见王，王认识你是谁呀？老聂说我特么是诸侯！城上说诶哟喂！你是诸侯，我就是王。瞧见了吧，没事！老聂说你大爷！城上说你大爷！当当敲梆子，喊快快快关城门戎戎来了。跟着城头撕开一串弓，还有举着油锅的。老聂说得！得！得！惹不起你，我走——走还不成么？

　　回去路上烽火台又全着了，白天是狼烟，晚上是大火。老聂心说这怎么回事阿，没事没事又来了事。正准备掉头，晋国兵车迎面而来塞了车。两国接壤，平时有接触，上下都熟，会车时互相开玩笑，楼烦这边孩子说哟喝，见过起得早的，我们这儿回走，您才刚到。晋国兵说哟喝，行阿，一回不成两回，答应了没有阿，继续跟他们弄阿，别回去呀。

　　晋国带队将军公子伯，一见老聂也满脸紧张，说为什么呀，什么话不能好好说还值当这样？你这样让我们很难做，王的面儿也不能不给，咱们又是好朋友。老聂说我干嘛了，噢不让我进还不许我发两句牢骚了？哎你给评评这理，你们家着火喊街坊来救火，街坊来了，你告没事，还恬着脸问街坊谁让你来的不说谢连个好脸都没有有这秧儿的么对不对。

　　公子伯也听晕了，说你是救火的不是放火的？老聂说不是你什么意思？我就奇了怪了我这头脚走还没到家怎么你就知道了，谁传的呀怎这快风也没这么快我怎就成放火了？

　　当时造父七世孙叔带刚从周搬家到晋，还干老本行，给公子伯赶车，跟聂家是世交（事见穆天子西征），接话说世伯，你先别急，我们也不太了解情况，周王不靠谱咱们都知道，起先一次放狼烟我们就没动，二次见狼烟，镐京方面又放了信鸽，再不动就不合适了。我相信这里可能有误会，公子也是为你好，我们当然不可能断你后路真打你伏击，其实找个机会说开了也就没事了。老聂这时倒很冷静了，说鸽子说什么了？叔带说嗯……看公子伯。公子伯说：你要攻城。

老聂说我，什么都不说了，你们自己去，到镐京周围去问老百姓，我聂……脱耳秃孛斤罗，要在镐京城下放过一箭……我什么都不说了，我不是人，我回家了，对不起再见！

当时确实是这么传的，点烽火是有原因的，不是因宫中顽耍而是楼烦戎确实有来威胁京城，一是我守城部队抵抗意志坚决；二是畏诸侯大兵将至，乃退。不战退人之兵不挺好么？大家只是跑了些路费了些轱辘和草鞋，没死人也是周王打心眼里许盼的。周王在宫中设宴请各国留京质子和部分勤王部队将领吃饭，自己喝了开场酒就进去了，由伯服代为周旋，向各国代表祝酒：愿天下武备常修而兵不血刃。这也是我周列祖列宗设置常备军和封建子侄本义。今天我们实践了，有效。并对出兵国大行犒赏，赐老玉、布料和宫女。特别表扬了晋国，道那么远还是出动了，多赏了公子伯十个宫女。

叔带因为祖上自造父始一直是周王御驾，父亲奄父在千亩之战中还超速赶车所谓迅如流星矢不能及，使宣王脱离姜戎骑兵追赶，立有救驾大功，向为王室近宠，这次到了镐京反倒不敢进城了。公子伯说一起去呗。叔带说算算，我还是不去了，碰见熟人，再看见我和你在一起，我说什么呀？

公子伯说他们不知道你现在我这儿？叔带说没说那么清楚，就说父亲病故扶柩回赵城老家，守制捎带侍奉老妈，老妈也没多少年了，身体一年不如一年，可能就不回来了。他们都不知道我会赶车，当初我学车也是偷学，我爸不让我学，说咱家就别世代干这个了，也是个奔波命，听说的太多也不得好活。当时我爸刚从千亩回来，手全秃噜皮了，右胳贝脱环也不知他老人家怎么把车赶回来的，到家才发现抬不起来。多年老痔疮也犯了，撅炕上动不了窝，躺下就是一屁股血。宣王出车还叫他，我妈只能给他缝个袋里面絮上草木灰当垫儿裆里夹着。痔疮是我们车手职业病你知道么？一坐坐一天，为什么好车手都爱站着？公子伯说我不是车手我也有。我比较关心你爸听说了什么，你爸都跟你说过什么呀？

叔带说不能说。公子伯说只说一条，怕什么的？你要不说我一会儿去宫里见人就说叔带认识吧，现在我呢儿干呢，也来了。叔带说没你这么损的，就一条阿。公子伯说就一条。

叔带说姜子牙是戎戎。公子伯嗐！这还是秘密，天下人都知道，当初我们两家在甘肃同为戎，我家叫周戎他家就叫姜水戎。早年谁不是戎？中国，那是神国代指，可不敢乱叫。

叔带说我爸说千亩之战姜戎部队一出现，宣王说我的妈呀！这不齐师么？听说姜戎内边头领也说了句差不多的话：哟！这不我老叔么？听说姜戎内边至今都尊称太公为老叔。

419

公子伯说不奇怪，《太公兵法》很多兵种设置，步车合成军编成、布阵，尤其是骑兵的运用，都是借重了他们老姜家经验，除了戎戎中原部队哪儿有独立骑兵单位阿那会儿。

叔带说所以宣王为什么后来不听谏阻，偏要到太原统计人口，仲山甫这些人不明白，宣王就是想调查多少人会骑马，太原不是戎戎多么，好多原来就是放牲口的，宣王想组一个全骑兵师。太公兵法过时了，骑兵已经不是打外围，军之斥候、绝粮路、击便寇、追溃师的干活，千亩之战败就败在遭遇姜戎骑兵集群侧翼突击，咱们内车全掉不过头来，战后检查死者创伤，都在一侧。宣王说败就败在军事思想落后。

公子伯说好像召公还是谁也搞过骑兵旅，好多代前了，忘了，效果不好。叔带说效果不好就是没用好。不聊了，你还去不去吃饭？再不走来不及了。公子伯说你真不去？叔带说真不去，宫里饭也就那么回事，过去太油腻现在太清淡，部队马上开饭，我都闻见饭香了，我就吃部队大锅饭挺好。

公子伯走了——另找了一赶车的。叔带去伙房打了小米饭大烩菜，吃美了。二天头晌，部队就撤了。回到翼城，军队就解散了，当兵的回家种地，士回家歇着。叔带说我也得回家看看了，真的假的老妈身体不好是真的。公子伯说行，替我问伯母好，我这儿有一新车你开着，顺便试试越野能力。还有，我家厨子今年新摘的枣儿，新黄米春的面，做的枣泥黄米面烤饼，给伯母带上，倍儿酥，最适合牙口不好的人吃。

叔带说你不能对我这么好，回头想走都不好意思提了。

公子伯说呵呵。叔带赶上新车，一路奔北，到赵城看了眼老妈，放下枣泥饼，然后经太古、原平出雁门，入了马邑。

老聂没在家，在家门口树上。叔带站在树下喊：你在树上干嘛呢？老聂扒开树叶问谁呀？噢噢等会儿。抱着树干出溜下来，说这棵树要死，你没瞧树叶都黄了，我上去看看是虫阿还是啥弄的，断一下是枝儿枯阿还是根儿腐，得救它。

叔带说您先别弄树了我有点事儿跟您说。把在镐京听到的传闻这么这么嫩么嫩么说了一遍。说世伯您得有态度。老聂说爱怎么传怎么传吧，我能怎么遮？嘴长在人家鼻子底下。

叔带说世伯您不能老是这副无所谓样子，您不说话没人替你说话。是，我们这些人都知道是怎么回事，可等咱们这茬人死绝了，就没人知道了。历史可不长眼睛，耳朵也有点背，声儿不大听不见，屎盆子就结结实实扣你老脑袋上了。

老聂说咱也不认识人阿，咱一个戎戎说话谁听阿？

叔带说路上我替您想了，您还记得一叫李耳的么，也是咱们西征老人，现在历史所工作，具体奈个组不太清楚，总之是内部人，找他。咱当然不能干找王当廷申辩内傻事了。

421

老聂说要是麻烦就算了,我不在乎头上再多俩屎盆子。

叔带说世伯您甭管了,我知道您弄这个也不行,我跟他孩子熟,家里也算有点老交情,从我太爷,几代人给他出过车,小时候来过我们家,给过我枣吃,跟他提应该能想起来。

老聂说要不要带点什么东西去阿世侄?求人空着手总是差点意思。叔带说金珠玉帛用不着,礼太贵重再惊着他,羊皮干酪能预备点最好,再需要什么到时候我再跟您说。

叔带拉着一车羊皮从马邑走了。没几天托人捎话,说妥了,找了当代史的人,说能办,正在办。又过了些日子,马邑发往翼城一车羊皮,车夫带回骊山之变和幽王死讯,说晋国正在动员军队,动向不明,可能是要勤王。叔带亦在军中,穿甲戴盔,收了羊皮刚说了句我心里有数,就被喊走了。

老聂大骂特么的不听我的闹成这样,守城吏第一个该死!

之后听说晋军没动,又立了新王,国都迁至洛邑,丰镐旧人都散了。又发了车羊皮给赵城,指名送到叔带家。车夫回来说叔带家里正在办丧事,叔带儿子背带披麻戴孝出来接的车,对聂老伯吊唁表示感谢——叔带死了,跟最近发生所有大事无关,是从翼城回赵城过旬末路上超速翻车死的。

马谈案:旬末,旧周独有习俗,逢十日小憩。有周,礼治天下，祭日繁多，日祭，月祀，时享，岁烝。日常生活也颇多礼，生老病死，红白喜事，尤以丧，老百姓讲话"那是要把家里翻个底朝上的"。不搞不行，省事也不行，礼治的本义就是把应酬制度化，你是哪个级别就要按那个级别的规制来，不合规，还不是同事们闻风而来不好看——同事不来也不行，到了一定级别，同级或上级有事都得去站台——你慢待了谁，谁要讲你闲话，那是要请王法、问罪的。轻则贬官，重则削爵除籍，再重掉脑袋。故一班有一定社会地位、在公家挂了名的衣冠男，几无一日不在礼中或去别人家随礼道上。大家搞得很疲劳，驻丰镐老六师率先在内部悄悄试行军官旬末轮休制。部队平时训练就很紧张，中下级军官不能回家，要在部队看着兵，逢年过节又要参加各种祭礼，随这个随内个再不让喘口气老婆就要打到部队来了。遂特别规定，逢十，什么都不要干，回家陪老婆。十有重大祭典或战备值班，顺延一天补休。后成六师殷八师也学了去，这个临时解渴的办法就在全军推广开来，就从部队搞到官僚系统，凡是坐班单位都有这么一日闲。宣王继位，深感人浮于礼，礼重弊积，公卿多擅太庙事而缺乏——全无劲劳劲直豪迈蹈实如昭穆之前人物上马使军下马役民开阔气度。遂推行礼法改制，首先废除天子每年孟春兴师动众表演扶犁耕地籍礼。接着又颁布一系列简化礼仪诏令，将旬末正式定为法定休憩日，明定此日诸礼不行，但随人便，曰假日；假一日之闲。后天子籍田千亩闲置，姜戎把羊赶进来，引发千亩之战，王师败绩，朝议腾沸，礼改被叫停，旬假却留了下来，还是需要。

唉内喂，叔带出车祸，虽符合善水者常溺善爬者多坠一般出意外规律，老聂还是有点拧，世侄虽非为我而死他这个赶车快，是不是也多少有点我内事急老得公余之外跑有关呀。觉得老送羊皮是催了人家了。我为什么急阿？又不存在真实侵害只恐名声受损，又一桩为全私誉害了实在人命案例。我怎么成中原人了？这不是我们戎戎作风阿！觉得愧疚，连带把前事也扛了，就是因我点的烽火又怎样？王都死了，娘娘叫人抱走了，我还计较那个干嘛？对不起我周！于是装了十车羊皮，遣使去洛邑，一是祝贺平王践阼；二是正式向王室道歉，说怪我，我没轻没重，惹出塌天大祸，请王处分。

平王听了来使的话摸不着头脑，问左右他怎么了？左右说不知道怎么了，老聂这个人一向说话做事不在谱上，戎戎的心摸不透，您只要嗯哼应着，啥也别说就成了。

使归来，老聂问王说什么了，有没有什么不高兴？使说王什么也没说，收下羊皮显得挺高兴。老聂说还得说我周肚量大，吹了一辈子牛叉还是没人家心宽，他能原谅我，我不原谅自己。遂出河南地，自放于阴山，终身不入周，无颜。

后来老聂也死了——他必须死，到岁数了。临死还作恨语：我这一辈子，谁都对的起，就俩人对不起，幽王、褒妃。

终世不知叔带事儿办成了，点烽火没记他头上，名与身俱陨。

39

又二百年，阴山之草喂肥了楼烦马羊，老聂之后小老聂在蛮汉山之阳诸闻泽称汗，自称安克鲁汗，楼烦语英明的意思。中国称楼烦王。楼烦人重入雁门，羊一直放到太原以南汾河谷地的灵石，饮马交口河，距晋都绛城不过二百里。

这时是晋景公在位，叔带子孙也发展成晋国三大家族之一，老赵家。老赵家孩子都会赶车，几代人都在公廷服务，晋侯指名坐他家车，到叔带之下五代终于熬出个将军，赵夙。

晋献公十六年讨伐霍、魏、耿三个小国，赵夙被指派为攻打霍国的将军。赵夙出色完成了任务，先灭了霍国又根据献公旨意，把逃往齐国的霍国国君请回来，使他重建霍国。

献公很满意，就把耿国的土地赏赐给了赵夙，封他做大夫，地方不大，不出一县，老赵家有了入晋后第一块封地。

赵夙内枝儿就离开汾水之上的赵城，迁到黄河之右的耿。

赵夙儿子叫共孟，共孟老实孩子，一生平淡。儿子赵衰，鬼机灵，是赵氏发迹史上重要人物。当时献公闹家务事，跟两个儿子翻车，大夫们也要跟着站队，赵衰把三方都卜了，献公和公子夷吾不吉，公子重耳吉。就跟上重耳跑到翟人地盘去了。这个翟也是狄的意思，有些晋人这么称呼楼烦。英明汗此时闲的攻打一个叫廧咎如莫名其妙山地戎，战果不大，捕了俩女的，姐儿俩，都挺蛮的，就作顺水人情妹妹发给重耳，姐姐发给赵衰，衰就跟公子成了担儿挑。到重耳回国就任晋文公，就把原邑赐给了担儿挑，任命衰为原邑大夫，住在原邑，工作在朝廷，参政议政。老赵家有了第二块封地。

衰原来在国内有太太，生过三个儿子叫赵同、赵括（跟长平之战搞砸了内个赵括不是同一人，内个孙子不知道是乃一枝，如果为了纪念这个隔了十几代的爷爷，下场同样不好）和赵婴齐。隔了十九年不见，孩子都大了，结婚了，分家单过，在耿生活得挺好，同、括都生了孩子，都是奶奶帮着带，现在婴齐媳妇也有了，说话就生，奶奶正准备收拾收拾剪几块褯子搬婴齐家伺候月子，没成想——你回来了。

衰说怎么遮，我回来碍你们事了？奶奶说不是这意思原大夫，十九年，也跟一辈子差不多就咱们目前这平均寿命来说。咱们也跟不认识了差不多，有几个十九年阿人一生？

你就别让孩子、我再搬原邑跟你过了，你不在外边也没闲着么，有一娃对不？你就把娃和他妈叫回来你们仨一块过不挺好么？原大夫说我觉得吧，这事有商量么？奶奶说没商量！

于是衰只好又恬着脸去灵石，找到安克鲁汗说大王，我媳妇呢，我想把她接回去苟富贵不相忘。汗说想通了？这就对咧，我就说你这人，靠得住！媳妇在娃也在，没逼她改嫁。

头前儿衰回晋前跟人女方装大伊巴狼来着，说我这回去还不定怎么招呢，晋国人没你们这儿人实诚，说又翻脸，给我捕了，给我烹了我也没话。而且我们呢儿还有一特别不好的习俗，大太太欺负后进门的，你跟了我这么些年，我不忍见你受委屈。再者说，你吃惯了羊肉我怕你不爱吃小米饭。

廧咎如太太说行啦，哥，你也不用说嫩么多，看你我就了解你们那儿人什么样了。我也不攀扯你，我妹子跟公子回去我也不羡慕，我有娃，你就记着在楼烦有你一家就行了。

这次回来一进山洞就抱娃，说妥了，我安排好了，她们过她们的，还照原样儿，在耿不动。你跟我，和娃，咱们原邑一道过。太太不噯语。赵衰说你咋不噯语呢，高兴傻了？

太太脸一酸，蹲下抱住同去的英明汗腿说：大，救偶，他要害偶。赵衰说你这你，说的啥话么？汗也扒拉太太，说起来起来，没出息。太太坐地下不松手，死不起来，一口咬定：他要害偶，还要害娃，把偶们娘儿俩日哄去，寻个崖，

428

推下去，埋了，没人知道，他好和他前面内口子一心过活。

汗说赵衰：你说你给人留下个啥印象么。又宣慰太太：不会滴，他不敢，有大哩。他心里没你还有娃尼嘛，既然你叫了偶一声大，日后偶就是你大，啥事替你做主，管你。

又说赵衰：衰衰，咱们也不是一辈儿了，多少辈的交情，不管你今日是个啥，日后弄上个啥，侯也好，公也好，哪么坐南称了王呢，在世伯眼里你就是个侄儿——你服不服么？

赵衰说服么，是事实么。大王您看着我日哄起来的么。

汗说那你叫声世伯。赵衰说也别世了，去了内字——伯！

汗说得嘞！有这句话什么全有了，从今往后伯有的就是你有的，有锅有仇，锅——伯替你背；仇——伯替你报。有灾有难，不来伯这儿不报伯，伯跟你急。但是你记着，伯永远不会找你办一件事，让你作一次难。赵衰说这点我不同意！

汗说你不同意，由不得你！伯就是要你知道，天底下有伯这样的人，但为人想不为己求，帮了人家一次就跟人家该你多少似的，有事没事找人家，人家到不到的自己这儿先积了心，回头百般挑人家的不是，到处讲人家，伯不是那人。

赵衰说我家主公其实跟我说多次了，什么时候把伯请到绛城，好好隆重、谢一次伯。因为忙，刚复国，好多事……

伯说你瞧，就怕你提这事，你还就提了，显得伯刚才内些话是为自己垫话似的。你把伯看小咧，你把伯看成你咧。索性伯今儿在这儿把话挑明了，为什么你们就是三请，八请，十里锣鼓，伯也不会去？伯没事求你们，伯就盼着你们好，都塌塌实实的，你们没事，伯最省心。伯什么事自己办不了阿？办不了，就不办！

赵衰说聂伯牛笔！聂伯说牛笔也谈不上，还是本着多一事不如少一事，托人办事各种后账受不了。

赵衰说伯您以后有事就找我，托我们主公，保证麻利儿带跑还没后账还感谢您让我们办。

俩大男人在呢儿争说仗义话，太太从地上爬起来，掸掸土说这儿要没我什么事，我先走了，娃还要吃奶。

诶！诶！俩人一起扯住太太，别走哇。聂伯说这件事我必须托你了，我闺女，还我内外孙，都给我带好了，吃不用好，吃饱。穿不用厚，别露腿。行为不端跟你干仗，骂可以，罚可以，打——不许抄家伙。——不许不把娘儿俩当人！但分让伯知道，你知道你聂伯能耐有多大么？当年幽王怎么招了天下不待见，千里烽火怎么点燃的？聂伯能让你成万人嫌。

赵衰没太听懂聂伯这话，也懒得问，眼睛净往媳妇怀里内孩子呢儿瞟，嘴里哼哈应着：那是那是，还得说我聂伯。

聂伯跟太太说你可都听见了，还有啥不放心的？去！抱上孩子，洞里内点破烂别要了，跟这拘狭的享福去吧。

（马谈案：拘狭的，北狄通行戎语，情儿、爱人腻称。今晋地尤闻。）

赵衰把翟狄媳妇带回原邑，做了妾。但是立她生的儿子做了自己继承人，这就是赵盾。族里人都知道赵盾有楼烦骨血，因为楼烦王隔不差五就往原邑送羊，还送活鹰、虎、白马给赵盾玩。晋本是狄方，唐叔虞封在黄河、汾水之东，起初不过百里，带去的周民也不过他一族一姓，后来打下的地盘都是人家狄人旧地，人民非翟即狄，故时有晋人皆狄之说。若言齐鲁皆夷，吴楚尽蛮。秦不用讲了，一直处于鄙视链最底端，洗不白戎戎身份，东夷君子去都不要去。故人民与翟狄通婚就是与自己通婚。公室巨族搞政治联姻，一般都给子弟诸侯里选一个夫人，翟狄再娶一个小。文公母亲也是狄。天子怎么样？后宫不是翟就是狄，还立过翟后。那时翟狄莫不争与我周和亲，一般人不以为意，觉得正常。

到赵盾长大，当了赵氏大家长，在晋国也是数一数二重臣，把持国政，已经是晋襄公时代。又二年，襄公染疴，药石无效，卒了。又出现家天下老问题，国君两手一撒什么都不知道了，太子夷皋还抱在怀里吃着奶呢，蜡全留给赵盾和当朝几位大夫坐去了。赵盾就和另一位也不是省油灯的狐射姑狐大夫干上了。首先大家都同意国家几次出现动乱都乱在这个新君废立上，这次我们要汲取教训，别老在一地儿翻车，新君首要条件应该是成年，身体好，别过几年就聊这事，都少活几年。接着谈几位成年公子状况。赵盾先发言，说我觉得先君长弟雍合适，岁数在那儿，这几年在秦国做大使（其实是人质，也叫质子）得到历练，人成熟，最大优势是和秦国上下关系处得好，受秦公信任，秦国太可怕了！搞得定秦国，我国基本没急着。狐大夫说不如他弟弟公子乐，乐他妈辰嬴曾受两位先君怀公、文公宠爱，群众基础好，立她儿子为君，可同时得到两位先君人脉，争取最广大拥戴。赵盾说辰嬴贱！地位排文公九位太太老九，而且先后上过两位国君床，这叫淫乱！母亲贱而淫，儿子有什么威望，能镇得住谁？

赵盾这番话说的是掷地有声，却让人一下想起他的出身。当时晋国狄风还是蛮盛的，比较尊重女性，后世厉兴之人伦大防尚未洗脑一般人民，大夫也多为军功新贵，不懂也不太理会内一套，先襄公曾有力推男女无别壮举（其实不过部分恢复女主社会遗风，允许女性自主择偶择业，详说见《起初·鱼甜》上册第37节），虽被传为淫乱，以无下文收场，但赵盾这种公然贬损侮辱女性的话，大家乍听之下还是反感，什么叫上过两个国君床？国君不叫她，她上的去么？根本就是拿话压人。

狐大夫当场嘴给堵住了，心里并不服气，赵盾派先蔑、士会两个会聊的去秦国迎公子雍，狐大夫就派本家狐射叔去陈国迎公子乐，心说谁先到算谁的。可是被赵盾料到了，派刺客到晋陈边境郼地候着，乐得知父卒，生怕国家把他忘了，自个赶回来，入境正碰上刺客，以为是欢迎他，被做了。

狐射叔不知，到了陈国差点叫愤怒陈侯当第二拨刺客给做了，抱头狐窜而归。狐大夫在家摔了一面玉璧，说算你狠！一怒之下把阳处父阳大夫杀了。阳大夫没招谁没惹谁，只不过在去年春季阅兵调整了中军指挥系统，把本来是正帅的狐射姑调整为副帅，本来是副帅的赵盾调整成正帅，狐大夫隔了一年爆发了。事后也觉得晋国没法呆，自个跑到狄地去了。

先蔑士会到了秦国，对在那里做质子表面很快乐心里很郁闷的雍灌了顿米汤，说您怎还在这儿呆着呀，咱们大伙盼你盼得什么似的，国不能一日无君，赶紧的赶紧的。雍说大伙都很盼我是么，没我不行是么，都求着我？先蔑说盼星星盼太阳似的，没您不行！都求着您。雍说好好好，那我就受累当一回这国君去。你们说我要不跟秦公说一声就这么自己颠儿了不合适吧？先蔑说那不合适。于是就去告别。

秦康公多油阿，说世侄儿，你先别高兴太早，这事我可有经验，打我这儿欢送归国的贵国国君可不止一位，贵国说了不算算了不说内劲，寡人领教多回，回回把养恩的事办成结仇。你这么招，我给你多派点人，他们跟你掉腰子你也别干看着。雍还问先蔑：会么？先蔑也老实，说：说不好。

433

果不其然，内边先蔑头脚走，这边太子夷皋的娘穆嬴就抱着孩子上朝堂哭天抹泪，说我们孩子怎么了，死去的国君有什么罪，凭什么这儿有合法继承人还要再找一个？这孩子你们打算怎么处置，摔死阿还是喂狗？赵盾躲回家，夫人抱着孩子追到家，给他磕响头，嚷嚷：先君死的时候我可在，先君强撑着起来，把这孩子双手托付给你——双手阿！说太子将来要是成材，我感激你的大德；要是不成材，我怨恨你。言犹在耳，你却把太子当垃圾一样倒掉啦，你说怎么办吧？

赵盾也疯了，这要嚷嚷到满大街去。二天上班看到街边闲人交头过耳都觉得是在议论自己。这时盾就显出面来了，也是怕出事，听说夫人娘家兄弟在家磨刀，跟国中几个跟他不对付的大姓串门子，还假装遛弯，在他上下班路上转悠。

隔日夫人再来朝堂撒泼，还没开口，盾就应了，说那还是你吧。就立了夷皋为君，是为晋灵公。同时麻利儿的，亲率三军，到秦晋口岸去堵雍。走到堇阴，雍和送他的秦军正好也到了这里，一见赵盾还挺不高兴，说你怎么来了，国内形势现在需要你在中枢坐盘，迎接我事儿大么？还要带这么多人，开这么多车，以后这些不必要排场通通撤除，把钱花到该花的地方去，心思花在国家政务上，少搞花架子！

盾也没理他，回头对部队说：如果我们欢迎面前这个人，秦兵就是外宾，如果不欢迎，秦兵就是寇，既然我们已决定不欢迎——冲阿！部队几百辆战车一下子冲过去，毫无防备的秦国步兵被冲得稀里哗啦，边战边护卫着雍向西撤，撤到令狐，部队彻底崩溃了，撒丫子往回跑。晋军兵车一直追到刳首轵辘全方了才停下来。一路都听到雍在颠簸马车上疯了似的喊：说好的都盼着我呢？说好的没我不行呢？

这一年，赵同赵括的妈还活着，八十多了，跟儿子说你瞧，快出事了吧，把国君当他们家孩子拨愣来拨愣去，为什么当年不让你们出这个头现在懂了吧？可能也是落埋怨了。

小孩子懂什么事阿？小孩子哪有不胡闹的？问题是这个胡闹小孩坐在国君位子。自从灵公继位，赵盾就成了保姆，孩子淘气，赵盾深不是浅不是，每天跟在后边干擦屁股事。

赵盾跟穆嬴说你这个当妈是不是也管管呀。穆嬴说哎哟，他现在是国君了，一举一动都是国事，我要管成插手国事了，只能拜托您这个卿代劳了。盾说那我可真管了阿。

穆嬴说我代先君宗室谢你先。灵公也是真讨厌，盾也是真不喜欢他，几次背着人跟他瞪眼，扬着巴掌咬牙说破孩子！再闹抽你。破孩子立马老实了。灵公后来跟鉏麑讲盾真踹过他一脚。经常当着人拧他耳朵，提溜他，让他动他不动时候。有效么？有效。灵公谁都不怕就怕赵大爷，一听赵大爷来了，满地打滚麻利儿起来溜溜站好，看着规矩，成两面派了。

十四年，灵公长大，完全不像样，给老百姓加税装修墙壁，彩绘浮雕，描金嵌松石，弄得宫跟庙似的。趴高台上拿弹弓崩人，看人狼狈的样子乐。厨子蒸熊掌欠了火候，咬一口艮着虫牙，大痛，把厨子杀了，分尸，尸块装畚箕里让厨娘顶在头上穿过朝庭。赵盾、士会看见畚箕耷拉出一只手，惊问，厨娘说了。盾说这不说也不行阿，虽然他现在一见我就烦。士会说我去，回头再把您啵儿回来就没人再能说他了。

士会进院、入庭、登台阶，到屋檐下了，灵公才把眼睛睁开，说我知道错了，改。士会说那太好了，我为主公高兴，衣裳哪有不破的，补了就还能穿，就不用老换新扔破的了。

士会走了，灵公跟钼麂说你听见他们都怎么说我了吧？

钼麂说听见了。公说你知老王八蛋给我起的外号叫什么吗起小？麂说不知。公说破孩子。麂不敢接茬。公扭脸看麂：你不愤怒么？麂说愤怒。公说主人受了侮辱，臣子应该怎么办呀？麂说比主人还愤怒。公说我问的是应该怎么办？麂说当自己的事儿办。公说对喽，还用我提醒，去吧，办去吧。

麂出来回家，跟媳妇说后悔没听你的。媳妇说怎么了？

麂摇头：没法说，把我搁里头了。媳妇说你跟我说说怎么了，你搁啥里头了，咱还出的来么？麂说不说了，你给我做顿好的吧，家里还有酒么？麂吃了饭喝了酒搂着媳妇细看半天，说把你耽误了。媳妇说啥意思阿？麑说没意思。接着睡觉。睡到半宿忽然坐起来，下炕趿拉鞋，一抹身出去了。

外头天色将晓，房屋街巷越走越白。麑顺着大街走走停停，来到赵府。赵府门已大开，人都起来了，正在吹灯，马夫在套车，把马从厩里牵出来。从大门能一直看到二进院紧里边北房，门也敞着，赵盾穿着上朝命服，端坐在门廊上打瞌睡，影影钞钞一小人儿，一会儿一栽危。卫士长示眯明挎剑叉腰在院里做摇颈动作，一会儿溜达过去，一会儿溜达过来，还往大门口这头瞄了两眼。

麑缩回头，小快步绕府兜了一圈，墙挺高，临墙无树，残留一截截锯断露白茬树根。自从赵盾主国，准知道会得罪人，赵府就加强了警卫。灵公见壮，赵府警卫更严了，门加了顶门杠，墙头埋了蒺藜，中庭摆了拒马，家臣配了戈，备的是一个营的兵，打进来能抵挡一阵子。晚上有人巡更，把狗全放院里。摸进去，入室行刺，那叫瞎说。

麑心说我算是给自己下了一个巨深的套，我怎么想起干这个了？原来在家当贼挺好，天不管地不管，为什么要冒充侠呢？为什么要托人引荐给国君当臣？弄得现在还是贼。

赵府占了半条街，麑这一圈兜下来，天已经亮得能瞧清眉眼，就见轿车停在大门口，赵盾出来站在高台阶上左右这么一展眼，哈腰进了轿厢，两匹马就夸哒夸哒并肩走起来。

麑心里一急，恨不得嘴里出了声：哎！迎着马就去了。

车夫内边也是刚松了缰，马正在提速，眼见车右示眯明立起抽剑，车夫嘴张成O型，俩人都往后仰，马胸如墙，马蹄如碗，还沾着隔夜草，嗵一声闷响，麑就跳到半空中去了，心话：坏了！还惊了车了，幸亏我这轻功还行，从来没跟他们露过。周围空气很有弹性，跟踩着浪似的，麑想升得高点，紧蹬两下，果真又高了点，能看到两边房脊、远近树梢和宫里高台。底下人全低着头，围在马前发呆，一个满头银发头顶晶烁石块的人在说什么。这时麑看到太阳，刚从地平线透彩，满载霞光——美！空气也不是空无、什么都没有，而是充满的、活跃的、纷纷扰扰的，像所有物被提纯，所有体抽乍形，化作妖娆精灵在奔跑、在拥抱、在交颈，你变成我，我变成你。而且是和他——本人相关，是自己所有情感、梦想寄放根源，是唯一的——自己是这宇宙唯一的思想，这宇宙是自己的，这时他已与万物合一。

赵盾说什么都不要说，就说这个人是自己撞树死的，我们不知道他是谁，挖个坑，把他埋了。

40

秋九月,灵公请赵盾喝酒赏菊,在帷幕后面埋伏了甲士。卫士长示眯明于爵盏酬酢中听到甲胄噌锵声,快步登上殿堂说臣侍君宴,过三爵非礼也!扯起赵盾就走。灵公在后面发出嗾嗾声,一条大獒蹿出扑向盾,眯明搏而杀之。盾说公:你呀你!放着人不用,用狗,再凶猛又怎样?一边往外跑,接过车夫扔过来的剑与两面扑出甲士格斗。甲士手持长戟,几下就将眯明捅死在地。盾眼瞅着车,脚捯不过来,身后一名甲士忽然倒戟挑开劈向盾的白刃,与他背靠背抵抗,嘴里还喊:二傻!你可别过来,咱们老乡扎着你不合适。三愣!你知道我身手,你欠我钱不要了。二傻三愣内边动作一慢,盾就滚上了车。车夫早提着缰,此刻一放,马就奔踏出去。甲士尤在车尘中左支右架,阻挡追兵。候在宫外赵盾卫队这时也冲了上来,与禁卒斗作一团,将他们堵在宫内。

赵盾命车夫缓缰，探头问奔跑而来甲士：为什么帮我？看你眼熟，是不是吃过我饭？甲士呲牙一笑，说聂伯问你好。说罢扔了戟，扒下甲胄，露出两条花臂，解散头发追风一样往北跑去。

九月二十六，破孩子在桃园吃桃。赵盾有个同族弟弟，叫赵穿，是襄公的姑爷，为人鲁莽轻率，又有宋襄公之仁，曾在羁马之战中不听指挥，单独出战，破坏了晋军拖而不打战役意图，又阻止晋军追击已见颓势秦师，使羁马之战打成烂尾。但是一直受赵盾喜爱，凡事回护，跟盾哥感情深过其他兄弟。听说灵公在桃园玩，带领几个家臣闯进来，隔着几层禁卒，一箭把灵公射穿。

此时赵盾已经到了新建塬，登至塬顶，只要再迈一步，下坡，就算出国，入楼烦地——脚都抬了起来，听说灵公卒了，扭脸返回都邑，重登朝堂主持国政。太史董狐在单位写"赵盾弑其君"，拿到朝堂给大家看。赵盾说不我干的，是赵穿干的。董狐说子为正卿，逃亡不出境，返回不讨贼，不是你是谁？盾仰天长叹：呜呼！诗曰"我之怀矣，自贻伊戚"，说的就是我呀。我就是太爱国了，所以给自己带来忧伤。

回家赵穿跟家等着他呢，眼巴巴望着他说哥，我是不是得自杀阿？盾说名声已然坏了，死也不能挽回，我给你想个办法吧。于是派赵穿去洛邑迎接住在那里的公子黑臀（马谈案：这个名字起的没道理）回来做晋国国君，是为成公。

黑臀是文公幼子，妈是周室公主，一直依傍母家住在洛邑，去国已久，国内人都不熟。献公时驱逐所有公子，致晋室无公族，成公即位后，笼络各位卿大夫，将众卿视为同族，专设官职：公族。授田地予卿嫡长子，任命其做公族，也是大族长的意思。同时又增设两种专为卿设计的官职：馀子、公行。分别授予卿的其他儿子和庶子。做到皆大欢喜。

　　授到赵盾家，赵盾请求立赵括担任公族。同朝为卿的韩厥惊诧说职位是授给儿子的，赵括是你的兄长，这就不对了。

　　盾说贤弟有所不知，我这是从老太太呢儿论的，老太太是文公爱女，当年要不是她老人家把我和我妈从楼烦接来，让我当了赵氏继承人，我今儿就是个狄人。如今老太太已经登仙，我觉得是时候把赵氏族长名分归还给应得的人了。

　　韩厥说昂？文公的女儿，那令尊成季大人与文公岂不是不光担儿挑还是翁婿？盾深深点头。厥说我怎么一直都不知道呢，怪不得怪不得。盾说为什么要让你知道，还嫌不够乱么？只要天知、地知、我们家兄弟知道，君上知道，就够了。

　　成公说我知道，君姬氏是我姐姐，我们一直有联系。同意！就任命赵括为赵氏公族，管君姬氏内一脉赵氏子孙。

　　冬天，任命赵盾为馀子，管他自己的亲族，又叫牦车之族。这个任命是从赵衰呢儿论的，所以没赵盾子赵朔什么事。

成公七年，身体不好，请神吃药均无效，自知不起，把赵盾叫到榻前，说我呢，做了七年国君，自我评价，无功无过，对得起饭碗。今日只有一件事放不下，还要拜托你。盾说您说。公说我还有个老姐姐，待字闺中，我就是放不下心她，是不是请你设法，让我看到她有个归宿。盾说一定办到。

后个公就昏迷了，醒来不能说话只拿眼睛直勾勾瞅着盾，公交代这事成了急茬儿，盾交游再广，一时也想不出谁家孩子合适。诗曰：君命如砥，其直如矢（见壁中书本）。意思是君命不能打折扣，冒死也要完成。于是就把自家孩子赵朔领到成公榻前，说你看这小伙子怎么样？公嘴唇嗫嚅，近侍女宠贴近听，回：我看行。接着公手一丢，就什么都不管了。

成公卒，子景公姬据立。二年，赵盾卒，谥：宣孟。赵朔继承了他的爵职，继续参与国政。

三年，朔与成公老姐庄姬成婚。夏六月，出任下军正帅。赵同、赵括、赵婴齐同在军中任大夫。绛有童谣：里外里，亲上亲。姬家军，一门赵。同月，晋军在援郑之战中被楚军打得大败，士卒争渡扒住小船不松手，船上兵砍断的手指掉落船中，多得可以捧起来。故又称断指之战。

十二年，晋设六军，赵穿、赵括、赵旃各领一军，都被封为卿。六军中赵氏占三。

十三年，赵婴齐通于赵庄姬。这个通是指铺盖通了。

十四年，赵同、赵括找婴齐谈话，说你这叫什么玩意，谁家婆姨不好搞，搞到侄媳妇头上，这么大岁数了，还要不要脸？婴齐说他俩没共同语言。赵括说老弟，咱们这岁数不说内些没用的，我们跟你丢不起内人，你赶紧的，到你老丈杆子齐国呢儿住些日子，不叫你别回来。婴齐说跟她断。

括说这话你自己都不信，侄媳妇也正是虎狼之年，你咔擦一断再惹毛了她，要不让你远远的呢，就是让她够不着。

婴齐说我非走阿？可是，栾氏就怕我，我怕我一走……

括说是怕你个人么？是怕咱们老赵家，团结的老赵家！

十七年，庄姬因婴齐一声没吭蔫不出溜去了齐国，而且住下再也不回来，给他捎信也不回，活活素了三年（马谈案：不知赵朔都在干什么），怨恨婴齐，说特么不带这样的，好不好你倒是说一声阿，跟我玩失踪，好像谁多赖着他似的。

婴齐太太替她老公讲话——这俩女的也不知什么时候走近了——不是婴齐玩失踪，是他内俩哥，逼他，不走不行。

于是庄姬就改怨恨同、括。跟她侄儿——景公说赵家兄弟坏话：赵同赵括打算叛乱。晋国两大家族栾氏和郤氏立刻站出来作证：有这事。司寇屠岸贾曾经是灵公重用的人，也加入进来，提出当年赵盾、赵穿弑君没有受到追究旧案。没有更多证据显示其他重臣参与了这场诽谤运动。

夏六月，景公下达诛杀令。《晋书》与《左传》记载相同，被杀的有赵同、赵括及其族人。《赵书》所列死者多一些，有赵朔及其亲族和婴齐。婴齐是正好回来探家还是被召回受诛没有记载。《晋书》《左传》均记载就在灭门令下达不久，韩厥就向景公进言，为赵氏讲话，提到赵衰赵盾历史上的功绩，成季之勋，宣孟之忠，而无后，为善者其惧矣。这样的人绝了后，会使善良人寒心。引用了《周书》"不敢侮鳏寡"不能欺负光棍寡妇的名句。景公幡然醒悟，在当月，至迟不过秋，就重新任命赵武为赵氏公族大夫，继承赵朔正卿爵位，将已经没收赏给祁奚的赵括、赵朔两族土地收回，全部发还给赵武。也就是说赵氏两大枝的土地合二为一了。也就是说祁奚白高兴一场，派去接收赵氏庄园土地的人刚下车又得上车。赵武其人《晋书》只提到他是赵氏庶子，没提他是谁的孩子，若是赵朔嫡子，也应是馀子——其他儿子，而不是庶子。《左传》称赵武跟着庄姬住在景公宫里"武从姬氏畜于宫"。言下已经出生，多大岁数不知道。

《赵书》所言赵武为庄姬遗腹子，庄姬怀着他逃到宫中，在宫中足月所生，屠岸贾进宫搜查，藏在裤裆里幸免于难，恐难成立。且不说屠岸贾能不能、敢不敢进宫搜查，即便景公批准，景公二五眼，不知道他姑怀着孕呢，那也瞒不住！才血里胡茬生了一孩子，孩子藏了，奶瓶呢？褯子呢？满屋子奶尿骚动物园味儿，这么写的人一看就没伺候过月子。尔况内时晋人还没裤子，胡服骑射还且呢，男的都穿连衣裙，底下什么都不穿，放绔里等于放地上。又或者说祸就是因她而起，这么损一孕妇，心机这么深，她还没个准备，没想过自己这个德性，还要现托着肚子逃？她是宫里长大，又不是小户人家没谱姑娘，不知厉害。再说就不像话了，奸夫三年断线儿，丈夫没有一样，她怎么揣上的，还有别人？当然这都是当时街谈巷议，老百姓绘影绘淫，我们不予重视。

所谓义仆救孤，李代桃僵，一看就是抄袭国人暴动召公旧事。藏于深山十五年，景公有疾，卜之乃知大业之后不遂者为祟——大业功臣之后在晋绝了香火鬼魂得不到祭祀作祟。太假了！《赵书》都不敢这么写。灭赵之后两年，景公十九年，他老人家就掉茅坑里卒了。十五年，中间过去一厉公，悼公都干了七年，祁奚都退休了，赵武已经打酱油，跟着悼公参加外事活动长樗盟、鸡泽盟，观礼过两三回了。

这个故事的谬起、乖演我还是比较清楚的。起初是旧晋之地侯马一首民谣，叫浍水河小调，唱的是晋地羊倌女儿庄姬，与砍柴少年婴齐汲水相识，因而相爱，勾搭成双，可恨父兄棒打鸳鸯，逼她嫁给又老又丑商人韩厥，到这儿还没姓赵的什么事。庄姬誓死不从，被扭上花轿，婴齐半路拦轿，哭诉衷肠，遭暴打，昏死路旁。庄姬以为婴齐死，过浍水河，悲而投河，众皆以为溺亡，父兄始悔。婴齐醒，闻庄姬已死，继而投河。庄姬获救，闻婴齐死，复投河。婴齐获救,闻庄姬死,再投河……此曲可根据唱者心情和铺排能力生生死死反复循环,流传各地,曲名不一,有称《三投》,有称《十三投》,最长是曲沃《八十一投》,当中多为谐噱。

流传到故赵邯郸,始姓赵。曲调改为梆子。庄姬为周公主,婴齐易名为括,赵公子。打横炮的改为秦王嬴政。周天子招婿,秦王公子同去应召。廷前公子百问百答,赢得公主芳心。秦王只是摆阔气,耍威风,遭到公主嫌弃。天子有意选公子,公主有意嫁赵括,这时程婴出场,叫程莺儿,女的,公主侍女,闺阁客舍穿针引线,使公主赵括一夜风流。天子宣布他的决定,把闺女嫁给公子。惹怒秦王,提兵灭周,掳走公主。赵公子兴师击秦,誓救爱人,遂有长平之恨。秦王狡诈,令司马错愚弄公子,阵前告知公主已玉碎。赵括心亦碎,遂单骑蹈阵,殁于阵中。赵师失帅,四十万赵国子弟同日被坑。其实公主还活着,单独关在咸阳深宫,怀着身子,是赵括的。秦王几次起腻,均被冷对臊回。秦王也不是硬来的人,说我知你盼什么呢,过几天给你好消息。过几天,给庄姬送来一匣子,打开看,是赵括人头。公主这时已经有了妊娠反应,没事就吐。秦王还气公主,生下儿子姓嬴。公主换作笑脸,说行,等我生下这孩子的,咱俩好好过。等到孩子生了,秦王挑了一天,宜婚媾,吃了壮阳药,摸进公主屋,说我跟你好好过来了。公主解怀说来呀,抽出一小刀。秦王白天刚处理完荆轲事,这会儿又见到刀,大拧，说没我这么倒霉的，一天见两回刀。就听公主说了声：接着。一低头，细脖子往白刃上一卧，整颗人头掉秦王怀里。这时莺儿已离了咸阳，抱着孩子奔走于荒郊野岭中。因为怕秦王追赶，没走东渡黄河近道，绕道江淮，讨饭横跨大半个中国，十五年，才到邯郸，孩儿都比莺儿高了，孩儿都能扛麻包了。莺儿把孩儿交给赵王，说这是赵括骨血，叫赵朔。赵王还在生赵括的气，也没太重视，说爱是不是吧……梆子有点长，梆子有点戏剧雏形了，把国恨家仇和情事接一块堆儿，打不过你也不服你，誓不共你戴天。赵人听了莫不发指，头发根儿缸硬。这时赵已亡国，梆子起了拉仇恨作用，在将后发生流民及六国勋旧联合大起义中，赵地群起响应，传檄千里定。

我跟马迁说这里提到你们家先人了。马迁这才注意到这个唱本，还说唱本有误，跟白起一块打长平的内个叫司马靳，差着辈儿呢，是马错的孙子。我说你还和民间传说较劲阿。

梆子传到渔阳，改鼓书了。书名《大报国》。把梆子没有的下文续上。赵朔子赵葱复为赵将，在抵抗秦军最后一战邯郸保卫战中军破殉国。接着国破，嬴政亲赴邯郸点名要赵庄姬后人。赵葱夫人并全家老少抗旨不出，举火自焚。遗腹子赵武为老仆程莺密携至老家陈州阳城避祸。十九年后，赵武长大，以武为姓，名臣。自称宋武公之后，以谥为姓，程老太是他家世仆。是年，发闾左戍渔阳。武家贫，住闾巷左边，孩子都被拉走。（刘彻案：旧秦至汉，皆依周俗，城巷居民建房富户居右，贫弱居左。秦役戍多征富户，尽发之，兼取贫弱而发，故贫富皆怨。）街坊有个发小叫陈胜，一起去了新兵连。新兵连还有个阳夏乡下人叫吴广，三个人玩的很好，内两个都钦佩武臣，因为识字，叫他大哥。九个新兵连合编一营，共九百人，向北进发。走到蕲县大泽乡，会逢大雨，路皆为汤，复如江，好几个会水的都游走了。老营长说别走了，走也到不了啦，到呢儿也是死。新兵说不怪我们。老营长说没说怪你们呀，这就是你们的命。歇两天，多活两天，我也只能帮你们到这儿了。武臣跟陈胜吴广商量：完了，只能死了，操他妈秦朝！你们说怎么办？陈胜吴广说听大哥的。武臣说那好，我把老营长找来。武臣去找老营长，说跟您汇报个事，有人要暴动。老营长说哪个？武臣说你把大伙召集起来我指给你看。九百人召集起来，冒着大雨瞅着他们几个。武臣说就是我。陈胜在后面用胳膊箍住老营长脖子，二头肌暴起来，慢慢把瘫软的他放到地上。陈胜指着武臣问大伙：你们知道他是谁么？他是公子扶苏。又指新兵连做饭老头说你们知他是谁么？楚将军项燕。大伙说他俩是谁？武臣说别说嫩么多了，说正经的。陈胜说你教我内几句怎么说来着？武臣又跟胜说了一遍，胜就说出内番名垂史册催励了千万鸡贼黑了心往上爬，客观上强化了王侯将相都特令人羡慕这种傻笔观念错会了牛叉二字的大话：牛叉人不死则已，死也要出个大名。王侯将相哪一个也不是天生的！

之后胜自立将军，广为都尉，请大哥就秦帝位，都说了么大哥是扶苏有这个继承权。大哥说别闹！我志不在此。三人遂率新兵营，攻打大泽乡，拔之。攻蕲县，县下。往攻铚、酂、苦、柘、谯诸县，皆下。一路打回陈州，入城，胜最后一次让大哥，王做不做？大哥说不做。胜遂自立王，号张楚。大家还叫他陈王。乃命吴叔为假王，督军西击荥阳。对大哥说：您爱怎么招怎么招吧，能打下哪儿哪儿就归您。

武白马渡河（刘彻案：是从白马津渡过黄河，并不是骑个白马游过去），入故赵地，恢复祖姓，每至一城，皆仰城吼：我是赵武，赵葱是我爸，赵朔是我爷，就是内个著名的赵氏孤儿，简称赵王孙。守城秦吏说我去……后面脏字还没出口就被身后赵人推下城。城中父老开城迎入赵武，摸着他脸哭泣，说你就是内个孤儿，可怜的娃，你咋才打回来？

武就凭着一路吼，连下五十城，赵地收取近半，遂自封武信君。八月，在邯郸称王。至太庙祭祖，告曰：我赵光复。

鼓书就唱到这儿了。渔阳郡守韩安国笑了。安国将军是识字知史的人，知道真实故事什么情况，武臣根本不是赵王之后，成也侥幸败也倏忽，到底是苦孩子根儿，称了王就天天搓大饭，把一家子接来享这口福，见人爱搭不理，连他姐出门都弄一百多碎催跟着，醉眼饱嗝儿中没瞧见立在路边长揖问候的前方归来将领李良，叫讲究人李良怒而抄斩满门，武臣死时候嘴里还痕着一口饭，没反应过来出了什么事。正经赵王孙赵歇接班做了赵王，也是个傀儡，叫张耳陈馀调来调去，还做几日代王，井陉之战后，叫韩信这个有谋无德之人顺手剪除。汉初封的赵王是张耳，跟姓赵的没半枚铜板关系。六国之赵，内个英雄辈出强赵，从未当真复国。

但是没关系，安国将军从中听出两个字，一个"忠"，一个"义"。忠，忠于职，笃于行，让干什么干什么，没二话。义，牺牲个人追求，拿别人事当自己事，一干就是一辈子。这两样看似小实则优秀的品质集中在一女的身上，就是故事中小角色程莺儿，而这品质或曰精神恰恰又是当前部队缺乏的。渔阳，燕山与华北平原交接地，寒温带季风南吹和暖温带季风横吹相持中匀处，副高压中心，女累氏故地，黄帝龙兴地，夏族人民与东胡人民共同摇篮。绝地天通后，共工被派到这里负责有熊国东北境域管治，在此筑城，与矶山黄帝城并称神州首批邑。唐虞时设幽陵，仍为政治副中心。新一代共工在中央犯了错误，对他的处理就是让他回老家。尧在中原不顺心了，也常回这里住上几天思考得失。舜就很少来了，主要精力放在南巡。后政权中心南移，主要是这里气候有点趋冷，从亚热带雨林变成大陆性半干半湿全长草了。

禹治水曾经来过这里，这里已经没水。禹还跟随行人员发脾气，谁跟我说潮白河是天下第一害河，治水要先从这里开始，河呢？随行人员不敢嗳语，分头去找，最后在顺义李遂口找到一股水，只有箭杆那么细。跟禹说：别看现在细，稍微下雨，这一带、四周就都淹了。禹看了看四周，都是荒土，草长一人多深，一个人影儿见不着，说：淹特么就淹吧。

夏晚，这里已成东胡人民牧场。当时的贤人长宁担心帝履癸也即夏桀把帝位传给他（刘彻案：他想多了，没听说有这么件事），跑到这里，想在我夏祖祥地追寻黄帝遗风，走他走过的路，做他那样入世出世都很自如的人。结果发现此地人尽操胡语，根本不知有黄帝这回事，把他带为牧羊人。

有商，势力不过漳。这一带成了北狄东胡南下大通道，冀州尽成胡地，夏人遗民亦全部胡化，中原以化外之地视之。

入周，召公封于北燕，因为工作忙，只是遥领，子姬克是实际到岗第一代燕侯。姬克动手清理膻腥扑鼻胡氛，深入西山早已胡化之有熊女部，通过殷勤细致工作将她们重新归化为温驯知礼特别重视祭祀和丧葬家庭妇女，而把该部男子整饬为重名节轻生死衣冠战士，纳入国家武装力量。故春秋有假知道说礼，上古黄帝所制，其民不守，变夏为夷。我周再造，复化夷为夏。故夷夏之辨，在礼不在民。

话说的自然有十分道理，不能再同意了。但确实不是事实，黄帝所行乃自然礼，与周人再造之人伦之别相较，涵括而不限于。燕国变得强大，出击驱逐周回狄胡部落。并利用当年共工治燕所留卫台墟（民间称共工台），重夯土堡，屯兵其上，将宽阔平原变成筑垒地带，各卫堡之间弩衔矢接，相互支撑，封闭了北南通道。后又将土堡间堆石成墙，以迟滞北骑，形成最早的燕长城。渔阳亦被称为"燕咽锁钥"。

后燕胡互有进退。战国年间渔阳复沦为胡地。经检讨，是裤子问题。燕王哙打算改宽袍大袖换裤子，受到群臣阻挠，鹿毛寿说国家兴衰不在裤子而在德行，当年尧为什么令世人称贤，就是因为曾让天下于许由，许由不受，使尧有了禅让天下美名而并未失去天下。你也可以呀，假装把国家礼让给相国子之，他一定不敢接受，这样大王就与尧有了同样的德行。燕王还就听了！把国家让给子之，子之还就受了！南面行王事。燕哙也玩真的，北面以臣事之。引起国家动乱，太子党与子之党相互攻伐。孟子对齐王说嘿！现在正是当年武王灭殷形势，不能错过。煽动齐国合众来攻。燕人闭城不战，燕哙在围城期间死去，齐师号称得胜，就回去了。

昭王立，对群臣说：今日始知孔子游列国没一国敢用其说的道理，都给我闭嘴！于是效法赵武灵王，下诏全国换裤子，任用秦开为将，北击东胡，辟地千里，收复了渔阳。

秦至我汉，渔阳一直属边地，汉胡军事斗争最前线。边民种族混杂，几百年下来，你化我，我化你。秦末内地人民大批外逃，入匈奴地避乱。韩王信、赵王卢绾叛汉时都曾带整支队伍出走。后来队伍失败，很多军士流落长城两侧，入赘民户，出入长城，倒腾小买卖，汉强则依汉，匈奴强则依匈奴，当地人叫"两头翘"。韩安国守渔阳，干部自己带，士卒从当地招募，部队成分亦复杂，半为降卒流民，半为汉化胡人，半为纯胡人——因其部内附故整部征发充役。这些人拿着军饷当差，只知有家不知有国，不知有天子，他们的君父。还是没解决为谁而战问题。胜则掠民，败则争先保命，毫无军纪军德可言，老百姓深受其害，称之为官匪。

故《大报国》传到当地，安国将军首先想到可用以教育部队。给当兵的训话：你们这些坏枣，成天家想的都是多吃少干，就下三路的事儿起劲，听个曲儿裆都能立起来，从没想过学学人家的担当，少点鬼混，净让我这个长官跟着现眼。

于是请来长安两大司马才子，相如马迁，请他们受累改编《大报国》。说先不要谈报国这么大的事，先从做人最基本人性开始。相如说我的笔墨，写柔肠行，写做人，就别误人子弟了。迁儿说还是我来吧。与韩议定,将程莺拎出,易名程婴,就别女的了,女子总不免使人作多情想,为家务事也常豁得出去,再跑了咱们想要突出主题宏旨。舍己为人难阿!恻隐之心不忍之心多表现为小惠济人不损己,偶有不可收拾搭上自己皆是意外。战场勇敢打红眼不要命完蛋就完蛋亦属自保,你不打他他就打你当下立见你死我活。谁不顾惜生命?灵知是否永在聚讼纷纷,再来亦不知复为何人,眼下这条命比什么都宝贵,丢了万事皆休,这是最大人性。

迁儿说咱们这个主角,是深思之后,基于价值梯向冲决了人性,这价值梯向是什么呢?君君臣臣父父子子。世上物皆有轻重,二者不可兼得,舍轻取重,世界得以幸存,人类得以幸存,放在个人身上是残酷,放到整体是必由。这也避免了必须有很高德行才能做到而是谁赶上都只能接受——的命运。省了矫情,我赶上了,你赶上了,也一样,你说呢?

韩安国说道理我不懂,讲深了没一样。但是我同意一点,不归于德行。作为一个臣,一个仆,一个兵,上有君,下有父,中间有制度,这就是你的义务,叫你上哪儿就上哪儿,讲价钱,只能显出你人格低下。我必须说,想不去也不可能,咱们有手段,叫你生不如死,一百个不乐意,最后还得去,为什么不主动一点给大家、给百代留个效仿标范呢?

迁儿说对对,我要加上一笔,写一个君子特去问程婴你怎么不去死？周围一定要有个氛围，想苟且偷生都有人不干。

二人问相如：你听我们这儿聊的怎么样？相如说人性单薄阿！人性不如一尺帛阿！我能不能提炼你们这唱篇儿主题是：你的人性不属于你。马迁愣了会儿说姆，你提炼的好。

三人议定战争场面不要了，就围绕下宫之难写，人物有彰隐，大事不出史实，具体情节调整务求死无对证。迁儿说真叫我完全胡编我还真不会。新鼓书名就叫《赵氏孤儿》。

迁儿手快，几天拿出一稿，拿到部队征求意见，带了一套鼓迁儿自己唱，部队反应冷淡，战士说全是男的，没劲！

韩安国说不能听他们的。拿到越骑校尉属下飞骑营唱，反应奇怪，曲中正在生离死别，听众嘀嘀大笑。迁儿出来严拧，说我写的有那么可笑么？越骑校尉安排和战士座谈，战士说人物不可信。迁儿说怎么不可信了，都是根据史料写的。

战士说史料不可信，赵氏不忠不义，他内个王都是偷人家的，门客又何谈忠义？迁儿汗下来了。听战士口音因问：你是晋人？战士说偶们是楼烦人，偶楼烦可汗当年有大恩于赵氏，裤子都是偶们教他穿滴，赵氏称王，首先攻打偶们楼烦，你今天却来给偶们唱他一门忠烈，你说，偶们该不该笑？

战士也是只知其一不知其二。聂壹说。这个情况最好问我，我比史书熟。程婴是我们楼烦人，本姓成勃撒林散，是我楼烦大姓，下宫之难时正作为我们家使者去给赵家请安，我们两家当时往来不断，天天都有对方使团住在家里，都当一家人对待，吃饭不单开桌，进屋不敲门，走也不说一声。晋侯的兵举着大令进来时，赵氏一家没有反抗，都跪呢儿任人宰割，血从大门一直流到中堂。我们这位老成叔哪儿见过这个呀，高喊我非晋人，不奉旨！拔刀砍翻两个兵，问赵氏族人：你们都不走是吧？一地人全摇头。老成叔说那我走了。赵朔说劳您驾带走我一孩子，使我赵氏不绝祀，朔死不恨。屋里炕上、摇篮卧一片孩子，在哭。老成叔随手抄一小的，能揣怀里的，扭脸杀出条血路，翻身跃出后院山墙——跑了。

聂壹说是在我们国呆了十五年，说藏于深山也没错，我国之半在山地，最好风景在山里。你们史书打架，是赵书把晋侯名字记混了，赵氏平反是悼公七年。我们不会错，因为内年我国兵发新绛，飞骑屯于浍上，跟悼公说：要么恢复赵氏爵职，发还土地，要么飞骑渡河。这样的事晋书是不会记载的，赵书为什么不记，想来也是有苦衷，我国谅解他。

定公十五年，赵氏二次蒙难。范氏、中行氏围攻晋阳，晋侯又下了屠赵令。还是我国屯骑浍上，解了晋阳之围，使定公收回成命。晋出公十七年，赵襄子立。这个孩儿的母亲是当年我国送给赵简子做婢女专门给他孩子做楼烦风味羊油小米粥的，喝了这种粥的孩儿身体都壮，不得病。赵简子给人办了，生了襄子，小名叫毋恤。为使毋恤能被立为赵氏继承人，我国还特派大巫师姑布子卿冒充相师去给简子其他儿子相面，说这些孩子都不灵，见到毋恤，赶紧站起来，说此真将军矣！演了出戏。因为我国与赵氏相约世为外公家。

简子对这个儿子评价是能忍。能忍者最狠，襄子刚即位，为他爸服丧斩衰之服都没脱，前后披着两片麻布，相当于开叉到腋下，腰、肋叉都露着，一走道半边身子整条大腿都甩出来，就跑到夏屋山，请我国藩王代王——他姐夫，吃饭。我们翟狄多实诚阿！自个小舅子，什么都没拿，几乎是光着，爹刚死，心情惨痛，请我吃饭，我不能不去阿。去了，互相吊慰一番，坐呢儿等着上羹，厨子来了，手拿大长铜勺，羹都在鼎里，热乎的，得拿铜勺抈，厨子铜勺一抡，把姐夫开了，头盖骨全掀了，里边脑浆子也热乎着呢，直咕嘟。接着喊里咔擦，一帮厨子一人拿一铜勺，把跟姐夫的人全削了。接着发兵，兵都跟山脚等着，一绷子把代地平了，归他了。

你们说合适么？他姐都觉得不合适，把头上发笄拔下来磨尖了给自己颈总动脉一下，喷血而死。代地人都觉得太惨了，她弟太缺德了。为了纪念这件事，管夏屋山叫摩笄之山。

我国诸王也很愤怒，要弄赵襄子。还是我们家把事儿

457

摁下来，说算了，谁让咱们非要做人家外公呢？老人吃点亏吧，许孩子胡闹不许咱们跟孩子一样。自个掏铜抚恤了死难家属。

哀公四年，赵书又记错了，记成出公，旋又记为懿公。你们对晋国到底有多不熟？赵氏三次蒙难。智伯联合韩、魏两家军队攻赵，赵襄子跑回晋阳固守。家臣原过跟襄子逃跑，没襄子跑得快，落在后边，过汾水遇到我国三位使者正在游泳，我国人民过河从来都是游泳或拽着马尾泅渡，使者踩水露出上半身，扔给原过一个防水竹筒，说把这个给赵毋恤看。

原过逃入晋阳，把竹筒交给襄子，襄子撬开一看，里面写：我们是霍太山山阳侯使者，三月丙戌，助你反灭智氏。

襄子懂，霍太山是我国神山，山阳侯是我家神前封号。至于赵国史官在这封密札后又添了些文字，预言武灵王出世，我只能说是多年之后武灵王自个为称王进行的舆论准备。

当时已经是四月，三月丙戌就是来年三月初八。襄子苦守晋阳一年。秋天，智伯引汾水灌城，城墙露出水面只有三尺，底下都擩泥了，站在城上跟站田埂上似的。智氏不攻城，是想等着结冰，滑着冰进城。结果没入冬，水全渗地底下去了，墙又那么老高了，山西还是太旱。城里已经吃孩子了。

三月初七夜，韩魏两家军队悄悄撤离阵地，由换了韩魏旗甲我军接防。初八天明，我军飞骑突然对智军发起进攻，城内赵军杀出，大破之，斩智伯，尽收智氏土地，赵、魏、韩三家分之。我军一口饭没吃一口水没喝，一抹身，回马邑。

三家后来都成了国了。各家史书一句没提我们的事，韩魏赵结盟是他们自己谈的，仗是他们自己打的，理解。

七十年后，三家分晋，赵国成立。之后的成、肃侯都是武侯，东征西讨，三年一小打，五年一大打，中间还把邯郸打丢过。几次大仗都有我楼烦飞骑助战。到武灵王，裤子内事你知道吧？燕昭王最先跟我们提，想派裁缝到我们这儿留学，他不知道裆呢儿得留布，老把俩裤筒子直接接一块，蛋没地儿放，上马就撕了，全成开裆裤，下来没一块好皮。没同意，不教！武灵王打听来了，您说怎么办？外家兄弟，只能手把手教了。回去，南伐故晋，西取林胡，北击黑姑，嚄！都跟燕连上了。把我们挤兑得都背靠黄河了，再差一步就迈出去了。约我们家黄河边谈话，我们心说知道不好意思了？您猜怎么招？要我们部队指挥权，让我们家把飞骑全送他部队服役，归他调遣。说给钱，以后你们也别放羊了，坐家吃现成的。把我们当雇佣军了，你能想到么？看着长大的孩子，跟外公张嘴了，您说怎么办？还能怎么办？答应呗。

聂壹说嘀我们家在国内这受埋怨，好好的给人充什么大辈儿阿，这回叫人拿住了吧？国内这反应这大！军队都叫人拿走了，还叫个国么？可汗也没法当了，从我太太爷内辈儿就退了，别家都上河套了，我们家也没脸去，就在马邑当小市民了。聂壹指周边遛马战士说：你瞧这人，走道横着，跟裆里扒一垫板似的，都是我们楼烦的，佣兵。从战国到而今，要说一支部队没楼烦兵那都不叫部队。听说过军界传内话么：无楼烦不成军。我楼烦飞骑不是吹的，在裙子时代，打遍天下无敌手，草原上兹凡放牲口的，听到我楼烦飞骑蹄子响没不哆嗦的。要不是世受周恩，又和老赵家搞这么些年，眼框子浅了，只盯着中国，深度汉化，也爱吃蒜黄炒肉丝了，早征服世界去了，哪还有如今匈奴和后来内爱谁谁什么事阿？

王恢说你们家就匈奴了。聂壹说是是，我们家就匈奴王了，那咱们之间什么谈不成阿，还用打么？我都娶公主了。

就这么一块料，真的假的，确实在马邑住了很多代，两头翘，出长城卖丝帛盐醋，入长城贩皮草牛羊，都卖到茏城单于太太阏氏毡房里去了。长城专家，曾自费从上郡走到渔阳，考查沿途长城，知道乃段是秦长城，乃段是赵长城，乃段是燕长城。军迷，略知史上部分著名战例，脑子里经常有宏大战争构想，十分乐意把自己代入当年我若指挥如何如何。

王恢长期在边境经营情报站，向匈奴派遣人员，建立各种社会关系，曾利用聂壹驼队作掩护多次送阿老出境又接回来，后来把他发展成外围，提供资金让他把生意做大。聂壹就利用这个身份在外面吹，跟这个认识跟内个认识，最后跑到太学开班典礼上露了一脸，回去说跟我认识。

图书在版编目（CIP）数据

起初·绝地天通 / 王朔著. --北京：北京十月文艺出版社，2025.4
ISBN 978-7-5302-2366-6

Ⅰ.①起… Ⅱ.①王… Ⅲ.①长篇小说－中国－当代 Ⅳ.①I247.5

中国国家版本馆CIP数据核字（2024）第053087号

起初·绝地天通
QICHU JUEDITIANTONG
王朔 著

出 版	北京出版集团	
	北京十月文艺出版社	
地 址	北京北三环中路6号	
邮 编	100120	
网 址	www.bph.com.cn	
发 行	新经典发行有限公司	
	电话 (010)68423599	
经 销	新华书店	
印 刷	河北鹏润印刷有限公司	
版 次	2025年4月第1版	
印 次	2025年4月第1次印刷	
开 本	850毫米×1168毫米 1/32	
印 张	15	
字 数	275千字	
书 号	ISBN 978-7-5302-2366-6	
定 价	68.00元（全二册）	

质量监督电话 010-58572393
如有印装质量问题，由本社负责调换

版权所有，未经书面许可，不得转载、复制、翻印，违者必究。